STR
OUX
edition

ISBN 978-3-948065-24-9

traduki

Die Herausgabe dieses Werks wurde gefördert durch TRADUKI, ein literarisches Netzwerk, dem das Bundesministerium für europäische und internationale Angelegenheiten der Republik Österreich, das Auswärtige Amt der Bundesrepublik Deutschland, die Schweizer Kulturstiftung Pro Helvetia, die Interessengemeinschaft Übersetzerinnen Übersetzer (Literaturhaus Wien) im Auftrag des Bundesministeriums für Kunst, Kultur, öffentlichen Dienst und Sport der Republik Österreich, das Goethe-Institut, die S. Fischer Stiftung, die Slowenische Buchagentur, das Ministerium für Kultur und Medien der Republik Kroatien, das Ministerium für Gesellschaft und Kultur von Liechtenstein, die Kulturstiftung Liechtenstein, das Ministerium für Kultur der Republik Albanien, das Ministerium für Kultur und Information der Republik Serbien, das Ministerium für Kultur Rumäniens, das Ministerium für Bildung, Wissenschaft, Kultur und Sport von Montenegro, die Leipziger Buchmesse, das Ministerium für Kultur der Republik Nordmazedonien und das Ministerium für Kultur der Republik Bulgarien angehören.

Umschlaggestaltung: Matthias Mielitz, München – unter Verwendung eines Fotos der Kunstinstallation „Imaginalhäutung_2“, Pauline Stroux 2022.

Printed in Germany, gedruckt auf FSC-zertifiziertem Papier

www.stroux-edition.de

TATJANA GROMAČA

DIE GÖTTLICHEN KiNDCHEN

Aus dem Kroatischen
von Will Firth

Für Radenko und Marta

Alles in diesem Buch
ist völlig getrennt und verschieden
von der Wirklichkeit,
die hier nur teilweise und
gelegentlich nachgeahmt wird,
ganz und ausschließlich
zum Zwecke der Schaffung eines
literarischen Spiels.

„Ach, diese Jahrhunderte,
die bevorzugte Maßeinheit der Geschichte,
die das Individuum der Notwendigkeit enthebt,
persönlich die Vergangenheit zu werten,
und ihm den ehrenhaften Status
eines Opfers der Geschichte verleiht."

Joseph Brodsky, *Flucht aus Byzanz*

ERSTES KAPITEL

Eine allgemeine Einführung in die Welt meiner Mutter, ihre persönlichen und gesamtgesellschaftlichen Krankheiten

Ein Anfang wie andere Anfänge auch, in denen mehr oder weniger erklärt und eingeleitet wird

Es gibt verschiedene Arten von Messern, aber für das Abschlachten von Menschen im Krieg sind am besten etwas längere Exemplare geeignet, so wie die Jagdmesser zum Schlachten von Wildschweinen. Diese Messer sind ein klein wenig breiter und an der Spitze manchmal sogar gebogen, wie bei den türkischen Krummsäbeln, mit denen man schon während der Eroberungen Menschen niedergemetzelt hat, fünf Jahrhunderte vor diesem, in dem die Geschichte meiner Mutter und ihrer Vorfahren spielt; man könnte sagen, es handele sich durchaus um Spezialmesser, denn im Krieg fehlte bekanntlich die Gelegenheit, sich modernste Ausrüstung zu beschaffen. Man begnügte sich daher mit dem, was sich fand. In Frage kamen Tauchermesser zum Fangen und Erlegen großer Fische oder solche zum Aufschlitzen, Ausnehmen oder Entschuppen. Schließlich kamen, in Ermangelung von Messern, auch Beile, Sägen, Schneiderscheren und Stricknadeln in Betracht. Alles konnte dazu dienen, jemanden, der es verdiente, zu töten, selbst der gewöhnlichste Dosenöffner, der in fast allen Häusern und Bauernhöfen zumeist mehrfach vorhanden war, und Dosenöffner konnten auch ein integrierter oder ergänzender Bestandteil der regulären Soldatenverpflegung sein.

Wenn es um Stichwunden geht, war die alte Frau eines alten Mannes – eines Freundes von Mutter und Vater – wohl unübertroffen, deren Körper nachweislich siebenundzwanzig Messerstiche erlitt, und die, man wird es kaum glauben, wie durch ein

Wunder das Massaker überlebte, welches die Mehrzahl jener, denen es gelang, *erfolgreich massakriert* zu werden, nicht überlebte, damals, zur Zeit des großen Schlachtens, während des großen sogenannten Zweiten Weltkriegs, der, wie mehr oder weniger bekannt ist, eine Menge minderen, aber nicht minderwertigeren Schlachtens nach sich zog, wobei das Schlachten, das die Ehefrau des Freundes von Mutter und Vater überlebte, mit Sicherheit zu den bemerkenswertesten gehörte, da es sich in einer Räumlichkeit sogenannter geistlicher, respektive sakraler Bedeutung, also in einer Kirche, zutrug, womit ihm im Umfeld des Krieges ein durchaus nicht zu vernachlässigender Wert zukam.

Doch das war nichts besonders Neues oder Innovatives, bedenkt man, dass die kalten steinernen Kirchenräume schon vor Jahrhunderten derartige Handlungen und Tätigkeiten hervorriefen, und die Menschen folgten aus wer weiß welchen Gründen besonders gern und ziemlich häufig in fast mathematisch bemessenen Abständen diesen Rufen. Gewiss gab es auch phantasievolle Einfälle, wenn zügellose Zeitgenossen beispielsweise Türme aus Menschenschädeln errichteten, doch derartig freie Einfälle blieben eine Seltenheit, die es eigentlich nicht zu erwähnen lohnt, da sie nur die sture Abfolge des eintönigen Schlachtens während der langen, langweiligen und vorhersehbaren Geschichts- und Geografiestunden stören, in denen die Geschichte fortwährend geformt wird, wie auch geografische Räume ebenso fortwährend umgestaltet werden, all das hauptsächlich unter Zuhilfenahme verstreuter und durcheinandergeworfener und immer wieder neu geordneter und gestapelter, gezählter, ausgegrabener, gekennzeichneter, gesuchter, gefundener und exhumierter menschlicher Knochen und Schädel.

Was ist Wirklichkeit und was nicht

(ein Verweis auf Märchen der Gebrüder Grimm sowie etliche Arten von Verdächtigungen und Anpassungen)

Während der friedlichen und schönen Tage, als noch nichts auch nur annähernd so Unheilvolles, Schwarzes, Unglaubliches und völlig Unnatürliches, Schreckliches, Wahnsinniges, Krankhaftes, Bestialisches und Verdorbenes zu erahnen war, wie es später tatsächlich geschehen sollte, als sich die Menschen über Nacht in wilde Tiere verwandelten und sich gegenseitig auszuweiden begannen, die Organe der anderen fraßen, Häuser in Brand steckten und Frauen, Männer, Kinder, Greise und Greisinnen vergewaltigten, all das wilder als die blutrünstigsten Tiere, während des noch völlig unschuldigen, eingelullten und friedlichen Friedens, als Mutter ohne ersichtlichen Grund, aus dem man sonst wütend und zornig geworden wäre, besonders wütend und zornig war, pflegte sie zu schreien: *Ihr bringt mich ins Irrenhaus!*

Das war ihr Lieblingsausruf, der sich am Ende bewahrheiten sollte, genauso wie im Märchen der Ruf der Wirtsfrau, ihr werde noch auf der Nase eine Wurst wachsen. Am Ende, oder jedenfalls vor dem Ende, landete Mutter wirklich in einer Irrenanstalt. So konnten wir uns alle gemeinsam mit meiner Mutter aus erster Hand überzeugen, dass auch eine Irrenanstalt ein ziemlich normaler Ort ist und dass sich dort nicht selten Menschen befinden, die oft gesünder und normaler sind als viele Menschen in der sogenannten und vermeintlichen Freiheit, insbesondere jene, die in der vermeintlichen Freiheit als wichtig, angesehen und mächtig gelten.

Mutter, zum Beispiel, war vollkommen gesund und normal, außer dass sie erschüttert war, doch das war sie aus ganz anderen unbegreiflichen Gründen, die im Übrigen niemand, der das hätte begreifen müssen, auch nur versucht hatte zu begreifen, denn niemand wollte sich ernsthaft auf Mutters Los einlassen und mit ihr mitfühlen. Jedenfalls war Mutters Urteilsvermögen normal, es wich nur aufgrund seiner Normalität völlig von der Außenwelt ab, sodass es ihr unerträglich wurde, innerhalb dieser Welt zu leben und mit anderen zu verkehren, denn sie war „allzu normal", was schon ans Abnormale grenzte.

Mit einem Schlag veränderte sich alles völlig – die ganze Wirklichkeit und die ganze Wahrheit wurden anders, und in der Folge wurden natürlich auch die Menschen anders, denn sie waren gezwungen, sich anzupassen. Manche gingen in ihrer Anpassung so weit, sich selbst komplett zu verleugnen, die eigene Vergangenheit, den Namen, die eigene Abstammung oder den Beruf auszulöschen, wenn sie nicht absolut dem neuen Kurs entsprachen.

Es reichte, so zu tun, als denke und lebe man im Einklang mit dem neuen Kurs; es war nicht notwendig, wirklich im Einklang zu denken und zu leben, ebenso wie es überhaupt nicht nötig war, seinen Namen zu ändern, wenn man sich komplett angepasst benahm und im Einklang mit dem neuen Kurs lebte und alles tat, von Sekunde zu Sekunde, um durch alle Gesten des eigenen Daseins ständig zu bestätigen, dass man im Einklang mit dem neuen Kurs lebte, ständig durch alle Gesten, Worte und Handlungen, sogar durch mögliche Grimassen – etwa wie man die Nase putzt oder beim Niesen den Mund zudeckt – jeden, auch nur den geringsten

Verdacht zu vertreiben, man lebe, atme, schlafe und träume vielleicht nicht vollständig und in jedem Bruchteil einer Sekunde im Einklang mit dem neuen Kurs.

Es konnte verschiedene Verdächtigungen geben, doch der schlimmste Verdacht, der auf einen fallen konnte, war sicherlich, *östlicher Abstammung* zu sein. Ob dies möglicherweise in einem tieferen Zusammenhang mit der Ursünde im biblischen Osten stand, scheint noch nicht vollständig erforscht zu sein, aber auf jeden Fall ließ sich der Geruch einer *östlichen Abstammung* in der neuen, von *östlicher Abstammun*g mehr oder weniger gesäuberten Wirklichkeit schon aus kilometerweiter Entfernung wittern.

Es genügte, einen Namen zu lesen, der den Verdacht auf *östliche Abstammung* weckte, um ihn mit allem Übel und dem Bösen in Verbindung zu bringen, weil ja eine *östliche Abstammun*g das ganz von allein nahelegte.

Falls aber jemand so viel Aufwand betrieb, auf alle nur denkbaren und noch glaubhaften Arten und Weisen seine *östliche Abstammung* in den Augen der anderen *abzustreifen*, und wenn er den gewissenhaften Nachweis erbrachte, weder über belebte noch unbelebte Beziehungen zu einer *östlicher Abstammung* zu verfügen, dass er allein schon aufgrund der ihm gegenüber empfundenen Abneigung nie in den Osten gereist sei, nicht einmal bei der harmlosesten Klassenfahrt, dann konnte er in der neuen Wirklichkeit akzeptiert werden.

Mutters Problem war, dass sie mit aller Kraft versuchte, sich der neuen Wirklichkeit anzupassen, dass sie aber ihre *östliche*

Abstammung nicht ablegen wollte, da sie ja ein Teil von ihr war und sie genauso gut irgendwo im Westen, Süden oder Norden hätte zur Welt kommen können. Es war ohnehin lächerlich, von jemandem irgendetwas zu verlangen oder zu erwarten, und besonders lächerlich, und auch traurig, von jemandem zu verlangen, etwas oder alles von sich selbst – beziehungsweise von dem, was ihm oder ihr mehr oder minder glücklicherweise in diesem Leben widerfahren war – abzulegen und es vollständig zu negieren, angefangen vom Namen oder der Familie, in die er oder sie hineingeboren worden war, bis hin zu etwas Beliebigem anderem.

Jedenfalls hatte Mutter eine seltsame Krankheit, an der vor allem empfindliche Menschen litten. Manchmal machte diese Krankheit sie übermäßig glücklich und manchmal unendlich traurig. Wenn sie übermäßig glücklich war, kam es vor, dass sie auf der Straße lauthals ihre Lieblingslieder sang, wie „He, die Mädchen gingen hinab ans Wasser" oder „Die jungen Mäher vom Berg". Mutter hatte eine wunderschöne Stimme und von jeher ein gutes Gehör. Deshalb war sie als junge Frau Volkstänzerin und Volksliedsängerin geworden. Sie trug verschiedene Trachten, die sie wechselte, je nachdem, aus welcher Region die zur Aufführung gebrachten Lieder und Tänze stammten. Oft steckte in ihrem Haar eine Blume, es sei denn, sie trug ein Tuch mit kleinen Dukaten, die über ihre Stirn baumelten, oder einen Turban, einen Fez oder dicke Wolltücher mit aufgenähten bunten Blumen, die ihren Kopf unter den Haaren oft sehr ins Schwitzen brachten.

Später setzte sich Mutters Singen und Tanzen fort, als sie sich bei Hochzeiten und anderen Festlichkeiten mit ihrer Stimme hervortat, und noch später, als jenes Land zerfiel, das lange zuvor ihr

Vater erobert hatte, und als es mit den großen Kriegen, dem Morden, Vergewaltigen und Brandschatzen, dem Foltern und Metzeln wieder anfing, wechselte Mutter in den Kirchenchor, um mit dem Hymnengesang Gott näher zu sein; sie betete für den Frieden, für die Auferstehung der Toten und Gefallenen und sie nutzte die Schönheit ihrer Stimme zu Zwecken, die man als gemeinnützig und wohltätig bezeichnen könnte.

Andererseits hatte Mutters Krankheit auch eine gegensätzliche extreme Ausprägung, wenn ihr nicht mehr danach zumute war, Lieder zu singen, das Leben zu preisen und Liebe zu verbreiten und sie, genau im Gegensatz zu ihrem vorher übermäßigen Glück, auf den Grund des Ehebetts versank, um dort von morgens bis abends zu schlafen, ohne absehbares Ende. Während dieser Schlafphasen verwandelte sich meine Mutter in Dornröschen, das so tief schlief, dass niemand es mehr wecken konnte. Dieser Schlaf schien Jahrhunderte zu währen, nur ähnelte Mutter in ihrem Schlaf keiner Schönheit. Sie wollte gar nicht mehr schön sein, noch hatte sie den Wunsch, von jemandem geliebt zu werden, oder glaubte, Liebe verdient zu haben.

Wenn sie endlich aus ihrem Schlaf erwacht war, ohne ein Quäntchen Erinnerung daran, was während der langen Schlaftage passiert war, sprach sie nie darüber. Sie erinnerte sich nicht, ob sie sich gewünscht hatte, geliebt zu werden oder gefühlt hatte, keine Liebe zu verdienen, ebenso wenig, wie sie sich daran erinnerte, während der langen Schlaftage sich weder gewaschen noch gebadet zu haben, sich weder die Nägel noch die Haare geschnitten zu haben, weder das Nachthemd noch die Bettwäsche gewechselt zu haben, keinen Wunsch gehabt zu haben aufzuwachen, egal welcher Prinz neben ihrem Bett erschien, wobei es für Mutter seit jeher nur einen Prinzen gegeben hatte, und dieser Prinz – das wusste jeder – war Vater.

Doch während ihrer Dornröschenzeit war selbst Vater, Mutters Prinz, völlig hilflos, als sei Mutters Schläfrigkeit auf ihn übergegangen. Beide schienen wie von einem grauen Schleier bedeckt, der sie wie ein großer Zeltflügel überwölbte, schienen versunken in ihren Schlaf, von der Welt völlig vergessen und verlassen, gemeinsam in ihrem Reich, einem großen Anwesen, auf das von außen eine Hülle der Ächtung gefallen war wegen Mutters Schlafkrankheit, deren bloße Erwähnung anderen Menschen den Kopf verdrehte so wie bei Mariolino, dem vorwitzigen Jungen aus dem italienischen Zeichentrickfilm, dessen Kopf alle naselang auf seinen Schultern herumhüpft, während seine weit aufgerissenen Augen rollen, bis sich alles mit Ach und Krach wieder auf seiner angestammte Stelle zurückordnet – oder so ungefähr.

Die Leute verstanden nicht einmal annähernd, dass es für Mutter in gewisser Weise eine Ehre war, eine Krankheit zu haben, an der viele der größten Künstler der Welt gelitten hatten, wie zum Beispiel Ludwig van Beethoven, Georg Friedrich Händel und Robert Schumann oder Edvard Munch, Virginia Woolf und Ernest Hemingway. Mutter gesellte sich in diese Riege, ohne dass ihr auch nur im Traum eingefallen wäre, selbst eine Künstlerin sein zu können.

Wo immer sie erscheint, nimmt sie die Sache selbst in die Hand

(Mutter ist im Grunde genommen eine geborene Anführerin)

In ihren späteren Jahren ging Mutter phasenweise ins Krankenhaus. Meist lag es daran, dass sie es zu Hause langweilig fand, und dann war es für sie aufgrund der Umstände wohltuend, die Umgebung zu wechseln und sich einliefern zu lassen. Wenn sie ins Krankenhaus ging, gewann ihr Aufenthalt, und damit sie selbst, an Bedeutung, denn die bloße Tatsache, dass sich eine Person an einem Ort wie dem Krankenhaus befand, machte diese Person zu einer Art Held.

Mutter fühlte sich im Krankenhaus wie eine Heldin, das merkte man ihrem Verhalten an. Schon bald nach ihrer Ankunft auf der Station wollten alle anderen Frauen dort Mutter gerne auf einen Kaffee aus dem Automaten einladen. Einige von ihnen wollten speziell mit Mutter auf dem Krankenhausgelände spazieren gehen – natürlich nur diejenigen mit Ausgeherlaubnis –, sodass Mutter am Ende nicht genug Zeit hatte, alle zufrieden zu stellen.

Die meiste Zeit im Krankenhaus verbrachte Mutter wie eine Diensthabende im Flur neben dem Telefon, damit sie jederzeit jemand anrufen konnte. Außerdem musste unbedingt jemand die Aufgaben einer Telefonvermittlerin übernehmen, und es war Mutter, die sich dieser Arbeit mit großer Hingabe widmete; sie rief die jeweils am Telefon verlangte Person mit Ansage der Zimmernummer zum Telefon, da sie die Namen und Zimmernummern aller

Patientinnen auswendig kannte – entsprechend ihrem Charakter und ihrem untrüglichen Gedächtnis für historische und geografische Daten, für Zahlen sowie Geburts- und Todesjahre großer Heerführer und Staatsmänner.

Gelegentlich las Mutter im Aufenthaltsraum des Krankenhauses auch Bücher. Die Fernsehnachrichten interessierten sie nicht besonders, zumal sie keine zeitlose Dimension besaßen und zu banal und düster waren. In Spielfilmen wurde immer geballert oder es herrschte ständig Hektik, also ging Mutter lieber ins Zimmer, legte sich ins Bett und erinnerte sich an schöne Tage, an denen die Sonne wärmte, die Früchte erntereif waren und alles zum Genießen des Himmels, der Blumen und der Wiesen einlud.

Warum der allgemeine Umbruch im Staat alles in Verbindung mit meiner Mutter umwälzte und warum sie keine beliebte gesellschaftliche Erscheinung mehr sein konnte

Wenn es freitags im Krankenhaus Fisch zum Mittagessen gab, blieb Mutter ohne Mittagessen, weil sie den Fischgeruch nicht ertragen konnte. Das lag an ihrer unter militärischer Zucht verlebten Kindheit. Ihr Vater war Soldat und verlangte von ihr und ihren Schwestern außer allen anderen militärischen Disziplinen und Maßnahmen die regelmäßige Einnahme von Lebertran, um sie ewig straff und stramm wie die stärksten Krieger des antiken Spartas werden zu lassen.

Sie hasste Fisch, weil der Lebertran ihr den Geruch von Fisch verhasst gemacht hatte, aber gleichzeitig liebte sie Zucht und Ordnung; diese waren ihr so tief in die Knochen gedrungen, dass es ihr zum Beispiel nichts ausmachte, wenn die Patientinnen abends um halb sieben ihre Betten verlassen mussten, damit die Krankenschwestern die Zimmer lüften konnten. Auch andere strenge Maßnahmen fielen ihr nicht schwer, auch das ausbleibende freitägliche Mittagessen nicht, wobei eine Frau für sie das letztere mit Räucherkäse wettmachte, den sie in der kleinen Schublade neben dem Kopfteil ihres Bettes versteckt hielt.

Es war ein gesalzener, geräucherter Kuhmilchkäse, der in hängenden Netzbeuteln aus Strick getrocknet wurde – jener Käse, den Mutter am meisten liebte. Im Gegenzug kaufte Mutter der

Käsefrau in der Krankenhauskantine Zigaretten, denn diese Frau rauchte lieber, als Fisch oder Käse zu essen. Da Mutter nie geraucht hatte, machte sie keinen Unterschied zwischen den in der Kantine angebotenen Sorten, aber die Käsefrau erklärte ihr, welche ihre Lieblingszigaretten waren: Die Marke hieß LM.

Mutter prägte sich sofort den Namen ein, er bestand ja lediglich aus zwei einfachen Buchstaben und war ganz leicht zu merken; schließlich hatte Mutter auch ein sehr gutes Gedächtnis, sodass sie sich bekanntermaßen an die Geburtstage aller Bekannten erinnerte, an die Todesdaten der Verstorbenen sowie an ID-Nummern, Telefonnummern, Postleitzahlen und Nummern im Allgemeinen. Ja, Mutter hatte ein exzellentes Gedächtnis, da sie ihr ganzes Leben lang eine Arbeit gemacht hatte, bei der sie lange Zahlenreihen in riesigen, dicken Büchern mit imposanten, dunkelgrünen Holzeinbänden zusammenzählte.

In der Kantine kaufte Mutter auch eine Seifendose, weil sie sich im Krankenhaus mehr wusch als zu Hause, wo sie viel Seife und Handtücher hatte, aber das reichte auch nicht, da es im Ort niemanden gab außer Vater, der sie akzeptierte, so wie die Menschen sie einst akzeptiert hatten.

Früher war Mutter von den Leuten gut angenommen worden, weil sie im Großen und Ganzen ein gutes Herz hatte. Sie liebte es, allen zu helfen, sogar den Bettlern und denen, deren Haus niedergebrannt war, oder denen, die alle mieden, weil sie dachten, sie seien sternhagelvoll und deshalb auf der Straße zusammengebrochen; auch auf solche Leute ging Mutter zu, holte sie von der

Straße und half ihnen, nach Hause zu kommen, wenn sie nicht mehr gehen konnten oder Schwierigkeiten beim Gehen hatten, weil ihre Beine zu schwach und wackelig waren.

Denjenigen, die um Geld bettelten, kaufte Mutter Burek, Brot, Kuchen oder Mohngebäck; von allen anderen, die nichts brauchten, kannte Mutter meistens den Namen, sodass sie immer alle jene grüßte, denen sie in den Straßen begegnete oder die in den kleinen Läden an der Ecke etwas verkauften: die Blumenverkäuferin, den Fleischhändler, den Ersatzschlüsselmacher und den Goldschmied.

Mutter grüßte sie alle und rief: *Guten Tag!* plus deren Namen – *Beki, Branko, Robert* oder *Marija* –, während die Leute *Guten Tag, Lili!* entgegneten, denn Mutters Spitzname war Lili, so wie die begehrten Nylonstrümpfe, die Mutter am liebsten trug, als sie noch Nylonstrümpfe oder dunkle Lackschuhe trug oder schwarze Stiefeletten mit feinem Reißverschluss an der Seite.

Aber dann kam der sogenannte „Umbruch“, als sich plötzlich alles auf den Kopf stellte und Verdächtigungen und Angst um sich griffen. Die Verdächtigungen und die Angst führten dazu, dass alles beäugt und gewertet wurde. Fast jeder konnte verdächtig sein, besonders derjenige, der möglicherweise Verbindungen zu einer sogenannten *östlichen Abstammung* hatte. Das alles rührte daher, dass für die Bedürfnisse des Krieges viel Hass zwischen den Menschen gesät wurde, und der Krieg war notwendig, damit seine Befürworter Berge von Geld, Berge von teuren Möbeln und Berge von Gold verdienten und nach dem Krieg bergeweise billiges Land und noch größere Berge billiger Arbeitskräfte und gehorsamer Untertanen, und mancherorts war die Rede von Bergen von Ölfeldern, Bergen von Ölquellen als besonders wichtigem Kriegsbedarf.

Es musste Hass gesät werden, damit der Krieg überhaupt stattfinden konnte, denn der Krieg sollte zwischen Menschen beginnen, die dachten, sie seien nicht Feinde, sondern Brüder, von denen einige weiter östlich lebten als andere. Wenn man bedenkt, dass ein Teil des Hasses zwischen den Östlichen und den weniger Östlichen, den es vor dem großen alten Krieg gegeben hatte, weiter bestand, war es gar nicht schwer, den Hass neu zu entfachen, und bald richtete er geschickt und gründlich seine Verheerungen an, verwandelte alle Verdächtigungen und Wertungen über Nacht in tödliche Waffen, Kugeln, Bomben und Brände, in ausgestochene Augen und aufgeschlitzte Bäuche.

Während des „Umbruchs" wurde bei Mutter alles auf den Kopf gestellt. Sie war nicht mehr beliebte Sängerin und Tänzerin in *Lili-Strümpfen*, sondern verhasster Mörder und Schlächter mit dreckerstarrtem Bart, wilder Reiter aus der russischen Steppe, roher Türke mit rostigem Säbel, serbischer Landser in grober Wollmontur.

Niemand auf der Straße reagierte mehr auf Mutters Grüße; alle standen schweigend da und beobachteten sie, während sie durch die erste, zweite oder dritte Straße des Städtchens lief und ihre Beutel mit Brot, Petersilie, Sellerie und Möhren trug.

Mutter rief wie immer „Guten Tag!" und hoffte, sie könnte ihre Bekannten aus ihrer Panoptikumstarre wecken, aber im Gegenzug kam nichts, weil sie nichts verdiente, oder besser gesagt, wenn sie etwas verdient hätte, dann war es nichts Gutes, sondern Schlimmes und schlimmer als schlimm, denn alles hatte sich verändert, und im Rahmen der Veränderungen war es ein wahres Wunder, dass Mutter überhaupt noch lebte.

Für Mutter war ihre Krankheit auf jeden Fall ein Segen, die Krankheit war eine winzige und unbedeutende Angelegenheit im Vergleich dazu, wie sie als verdächtige Person östlicher Abstammung sonst hätte enden können, nämlich so wie viele tatsächlich endeten, doch darüber zu reden ist weder besonders angebracht noch weise – nicht einmal zu flüstern.

Zumindest im Krankenhaus konnte jeder sein, was er wirklich war
(Dieb, Schmarotzer, Säufer, Glücksspieler)

Zum Glück gab es das Krankenhaus, wo jeder sein konnte, was er war. Zumindest war es in dem Krankenhaus so, wo meine Mutter jedes Jahr in ungefähr gleichen Abständen hinging. Das war immer nach den Tagen, an denen Mutter nicht aufwachen oder aus dem Bett aufstehen konnte, aber sobald es Vater gelang, sie aus dem Bett zu ziehen, wurde sie ins Krankenhaus gebracht, auf Station soundsoviel und in Zimmer soundsoviel. Alle Zimmer dieses Krankenhauses waren ständig voll, und wer ein freies Bett in einem der Zimmer ergatterte, war ein richtiger Glückspilz. Mutter und Vater hatten Glück, denn es gelang ihnen fast immer, ein freies Bett für Mutter zu bekommen. Es gab viele Betten und viele Frauen in den Zimmern, sodass im Laufe der Nacht der Sauerstoff im Zimmer zur Neige ging, denn die Frauen wollten nicht, dass die Fenster über ihren Köpfen geöffnet wurden.

Mutter wachte auf, weil ihr die Luft zum Atmen fehlte, also saß sie auf der Bettkante und wartete auf den Morgen und die Zeit, in der die Frauen duschen gehen durften. Manchmal wurde sie nachts von „Wilderern" geweckt, Frauen, die heimlich in die Zimmer schlichen, um Kekse und Süßigkeiten aus den Nachttischen zu entwenden. Eines Nachts wurde eine Frau beim Stehlen erwischt, während eine andere die Spinde im Flur durchwühlte. Eine junge Frau gelangte an Alkohol, und als sie tüchtig betrunken war, schlug sie mit ihren Fäusten das Fenster ein. Drei Pfleger und vier Schwestern mussten sie mit Lederriemen fesseln, damit sie ihnen nicht entwischte.

Das Mädchen kommt aus dem Kriegsgebiet und trägt diese Traumata in sich, erklärte Mutter am Telefon. *Das haben wir alle – all das bleibt in uns, deshalb sind wir ja hier. Plus alles, was wir im Leben durchgemacht haben, auch ohne Krieg. Einige Frauen leiden zu Hause unter Gewalt. Die eine wird vom Ehemann geschlagen, wenn er von der Arbeit kommt, sodass sie jetzt hier nur noch mit dem Rücken zu allen im Bett liegt und mit niemandem spricht. Eine andere wurde nach Hause entlassen und kam nach ein paar Tagen wieder, nachdem sie sich an beiden Handgelenken die Pulsadern aufgeschlitzt hatte.* „Womit haben Sie das gemacht?" habe ich sie gefragt. *Mit einem Küchenmesser.*

Sonst sind alle Frauen nett, alle sind gut. Abends sitzen wir im Zimmer und reden. Es gibt viele Frauen aus unserer Gegend und aus der Umgebung, und die meisten sind jung, ich bin fast die Älteste. Es ist beängstigend zu sehen, wie krank die jungen Menschen sind. Mein Leben habe ich schon hinter mir. Die Frauen sind lieb, die meisten schweigen. Ich beginne das Gespräch und später schließen sie sich an.

Meistens frage ich, wie es ihnen geht, wie sie heißen und woher sie kommen. Ich frage: Hatten Sie eine Anstellung, als Sie gesund waren? Sind Sie verheiratet? Haben Sie Kinder? Sie gehen darauf ein und allmählich beginnt ein Gespräch, aber keine braucht etwas zu sagen, wenn ihr nicht danach ist. Grundsätzlich wollen Frauen reden, und es gibt viele, mit denen kann man über Leute reden, die wir kennen, weil sie in derselben Stadt gelebt oder in einer Firma gearbeitet haben, sagte Mutter.

Das Einzige, was ich nicht ausstehen kann, ist das Klauen – Klauen und Schnorren. Es gibt welche, die ständig um etwas betteln, und es gibt welche, die klauen. Deshalb schließe ich alles im Nachttisch ein, und das Nachthemd lege ich auch dort hinein, denn wenn ich es unter mein Kopfkissen lege, können sie es mir klauen. In dem einen Krankenhaus klauten sie mir mein neues Kostüm, und eine klaute meine Reisetasche. Es ist nicht so, als hätten sie selbst keine. Das ist eine Krankheit, Kleptomanie.

Es gibt welche, die krankhaft schnorren, vor allem Zigaretten und Kaffee. Ich laufe im Flur auf und ab, weil ich hier nicht zunehmen will. Hier füttern sie uns wie im Hotel, das Essen hat sich seit dem letzten Mal deutlich verbessert. Als wir ein Treffen der Therapiegruppe hatten, stand ich auf und redete darüber, was mir hier gefällt und was mich stört. Sie fragten mich, wie es mir im vorherigen Krankenhaus erging, also erzählte ich darüber, und sie fragten, welches Personal da war, ob sie vielleicht jemanden vom Personal kennen, und es stellte sich heraus, dass sie Schwester Barbara kennen.

Ich sagte, mir tut es leid, ich trete ungern als Anschwärzerin auf, aber ich muss den Diebstahl von heute Nacht vorbringen. Ich erzählte alles: dass ich um halb vier hinter meinem Rücken ein Rascheln hörte und dass Žana das Lebkuchenherz aus Malinas Nachttisch nahm. Malina konnte ihr nicht nachlaufen, weil sie dick ist, aber dafür Azra, die aufgewacht war, und dann stand auch ich auf. Danach konnte ich nicht mehr schlafen. Jetzt wird die Diebin auf eine strengere Station verlegt, vielleicht in ein Zimmer mit Gittern, und vielleicht kommt sie in eine Einzelzelle, wer weiß?

Ich bin nicht hier, weil ich getrunken und gespielt habe. Du weißt selbst, was mich die Operation gekostet hat, als sie mir alles rausgenommen und mir nachher keine Therapie gegeben haben. Plus der Krieg und alles, was ich durchgemacht habe – und siehe da, meine Krankheit! Was kann ich jetzt tun? Ich bin froh, dass ihr alle bei mir seid und dass euer Papa mich nie gezwungen hat aufzustehen, wenn ich es nicht konnte. Andere Frauen haben neben der Krankheit auch Probleme zu Hause, aber ich habe mit euch keine Probleme.

So redete Mutter damals.

Was passiert, wenn jemand voll allzu normaler Ideen ist

Während der Stunden im Krankenhaus, wenn sie Freizeitaktivitäten nachgehen konnte, entschied sich Mutter für *Mensch ärgere Dich nicht*. Das Spiel hatte sie seit Jahren nicht mehr gespielt, obwohl sie es früher geliebt hatte. Jetzt kehrte es durch Zufall zu ihr zurück. Das Spiel ist einfach: Man würfelt und muss mit der eigenen Spielfigur entsprechend die Felder vorrücken. Das Allerwichtigste ist, dass sich niemand ärgert, wenn eine Figur eine andere schlägt oder „wegfegt", so wie wenn ein Tier ein anderes frisst oder wenn ein Mensch eine Pflanze oder ein Tier isst. Niemand darf sich ärgern, denn alles ist so, wie es sein soll.

So wurde es den Frauen immer eingetrichtert. Eine Frau hat geduldig zu sein, und jede Frau muss viel Geduld aufbringen, denn jede muss viel Leid in ihrem Leben ertragen. Das Beste ist, nichts zu unternehmen und alles über sich ergehen zu lassen. Eine Frau darf anderen nicht zeigen, dass sie leidet und darf nicht weinen, sie muss felsenfest stehen. Sie muss alles standhaft ertragen und alles mit einem Lächeln und mit Heiterkeit hinnehmen, denn nur dann ist sie eine richtige und bewundernswerte Frau. Eine Frau muss heiter und bußfertig sein, kalt wie ein Herd ohne Holz.

Ihre Hand streichelt niemanden, weil niemand sie gestreichelt hat und niemand ihr den Wert von Streicheln und Zärtlichkeit beigebracht hat. Sie glaubt, Kälte und Zurückhaltung sind gut, während Weichheit und Wärme schlecht sind, weil sie Schwächlinge erzeugen, denn leben bedeutet Kampf und Streit, das Leben ist zu hart, als dass es in ihm warm und weich sein könnte. So hat diese Frau ein inneres Programm, wie Frauen zu sein haben.

Erst, wenn wir erfahren haben, wie und was jemand sein will, können wir behaupten, etwas über ihn zu wissen, sagte einst ein weiser alter Mann mit weißem Bart. Eine Frau sieht das Leben als Leid, nicht als Lust und Freude. Für sie verschwindet die Liebe in den ersten Ehejahren – jetzt ist sie nur noch eine Erinnerung. Körperlichkeit ist nicht Lust und Erfüllung, sondern Leid und Sünde, der Körper ein fremdes Wesen. Es ist besser, einen Sohn als eine Tochter zu haben, weil Frauen es im Leben schwerer haben. Es ist wichtig, dass dein Mann dich nicht schlägt, wenn er von der Arbeit kommt, und abends nicht ins Wirtshaus geht.

Mutter hatte ein Anerkennungsproblem, Vater ein Akzeptanzproblem. Vater fühlte sich sein ganzes Leben lang nicht akzeptiert und wünschte sich doch sein ganzes Leben lang, akzeptiert zu werden. Manchmal zeigte er dieses Bedürfnis, indem er vorgab, gar nicht akzeptiert werden zu wollen oder gar nicht dazugehören zu wollen. Das war, als er jünger war, als er es liebte, zu kämpfen und zu streiten, weil er viel Energie hatte und ein Hormon namens Testosteron.

Als er älter wurde, verging ihm die Lust an Streit und Rechthaberei – da wollte er lieber unter jemands Schürze kriechen. Er wollte alles in seiner Macht Stehende tun, um dazuzugehören, aber er konnte nicht so viel tun, wie dazu erforderlich war. Im Übrigen fehlte jegliche Schürze, unter der er sich verstecken konnte und von der er sagen konnte, dass sie ihm perfekt passte, weil er sich nirgends ganz einfügen konnte, das heißt, er ragte gewissermaßen überall ein wenig seitlich oder nach oben heraus.

Vater war eigentlich so etwas wie ein Künstler oder ein Wissenschaftler. Von seinen Neigungen her war er eher Wissenschaftler und von seiner Weltanschauung her konnte er sowohl Künstler als auch Wissenschaftler sein, weil er Idealist war, aber ihn quälte seine strenge Erziehung, die ihm nicht die Freiheit gab, sein Selbst zu leben. Seine harte Erziehung machte ihn zu einem Mann, der wie alle anderen sein wollte, doch er war nicht wie alle anderen. Sie machte ihn zu einem großen Mann, doch seine Knochen waren fein. Sie machte ihn zu einem harten Mann, doch seine Seele war weich. Sie machte ihn zu einem unzufriedenen Mann, doch zum Glücklichsein brauchte er wenig.

Sie machte ihn zu einem Mann, der danach strebte, Teil des Stammes zu sein, ganz im Gegensatz zum Individualisten und selbstverleugnenden Schöpfer in sich, der trotz allem, was durch die harte Erziehung zerstört und verdeckt worden war, gelegentlich an die Oberfläche gelangte und alle verwirrte – vor allem Vater selbst.

Im Gegensatz zu Vater fühlte sich Mutter insgesamt akzeptiert, außer als alle anfingen, sie abzulehnen und ihr den Rücken zu kehren, doch das ist schließlich eine ganz andere Geschichte. Hier geht es nicht um Mutters Problem, sondern um ein Problem, das andere Menschen hatten. Sie selbst war gegen solche Probleme immun, weil sie den Geist eines universellen Menschen hatte, für den alle Menschen gleich sind, unabhängig von Abstammung,

Sprache oder Religion. So dachte im Übrigen auch Vater, aber um in seinem Milieu akzeptiert zu werden, musste er vorgeben, engstirniger und kleingeistiger zu sein, als er war, also versuchte er umso mehr, diejenigen zu hassen und zu verachten, die nicht seiner Religion und Nation angehörten, besonders diejenigen *östlicher Abstammung*. Mutter gehörte natürlich nicht zu denen, obwohl gerade sie *östlicher Abstammung* war, und Vater konnte sich nicht dazu bringen, sie zu hassen, da er ja mit ihr Bett und Tisch teilte.

Das war auf jeden Fall eine heikle Angelegenheit, die Vater in eine sehr missliche Situation brachte. Mit einem Mal sollte er seine eigene Frau hassen und verachten, und das schien fast unmöglich, zumal er sie nicht hasste und verachtete, ganz im Gegenteil. Gleichzeitig konnte er nicht mehr Teil der Mehrheit sein, weil er eine unerwünschte oder, gelinde gesagt, abweichende Minderheit im eigenen Haus hatte. Er konnte auch nicht Teil der Minderheit werden, der Mutter angehörte, weil er sich als solcher nicht empfand.

Sein eigener Stamm wollte ihn nicht mehr haben und brandmarkte ihn. Das Brandzeichen bekam er wegen seiner Frau, die aus einem anderen Stamm stammte, zu dem sie eigentlich gar nicht gehörte, weil sie ihr ganzes Leben – während der gemeinsamen Zeit mit Vater und auch davor – immer nur in Zugehörigkeit zu seinem Stamm gelebt hatte.

Jetzt waren sie nirgendwo und konnten auch nirgendwo mehr hin. Es war die gewöhnliche Pattposition für diejenigen, die zu alt sind, um alles zu verkaufen und mit den Störchen und Schwalben nach Afrika zu ziehen, weil hier, wo sie leben, alles so idiotisch und unendlich dumm ist. Im Übrigen wollten sie sich nicht eingestehen, dass alles so dumm und krankhaft war. Sie taten, als wäre alles normal, auch wenn nichts normal war, obwohl es sich herausstellte, dass alle normal waren außer Mutter. Diese ging hin und wieder ins Krankenhaus für Abnormale, aber nicht, weil sie abnormal war, sondern allzu normal, was natürlich abnormal war – hochgradig verurteilens- und verachtenswert –, und daher war es notwendig, sie von Zeit zu Zeit aus ihrer Umgebung zu entfernen, damit sie diese mit ihren allzu normalen Vorstellungen nicht übermäßig beeinflusste.

Offizieller Bericht aus dem Krankenhaus

(Gott ist immer bei denen,
die es schwer haben und leiden)

Hallo, guten Tag! Hier Station 5, wen möchten Sie sprechen? So ging meine Mutter immer ans Telefon. So wie Dr. Andrei Jefimytsch, der Protagonist von Anton Tschechows Erzählung „Krankenzimmer Nr. 6", war sie in einer psychiatrischen Klinik interniert und genauso wie der genannte Doktor gesünder als der Großteil der Menschen in Freiheit außerhalb des Krankenhausgeländes, die die Insassen des Krankenhauses mit Abscheu und Unglauben betrachteten und umherliefen, als wären sie die Einzigen, die so sind, wie man sein soll.

Die meisten Frauen rauchen hier. Sie gehen in den Raucherraum, sitzen dort und qualmen. Es ist schrecklich, wie stark es dort nach Zigaretten und Rauch riecht. Ich kann nicht mal am Raucherraum vorbeigehen. Heute bin ich mit einer Schwester in die Zimmer gegangen und habe mir auf einem Zettel die Telefonnummern der Frauen, die mir sympathisch sind, aufgeschrieben, damit ich sie anrufen kann, wenn ich nach Hause komme. Die meisten Frauen sind hier, weil sie Probleme mit ihren Ehemännern haben. Also gehen sie in diesen Raum zum Rauchen, damit sie nichts sagen müssen. Sie wollen nicht in den Aufenthaltsraum, weil man dort reden muss, alle reden dort darüber, was sie quält, aber das wollen sie nicht. Es ist doch besser zu reden, weißt du, als in allerlei Gedanken zu versinken.

Sie füttern uns wie im Hotel. Zum Mittagessen gab es Wiener Würstchen mit Kartoffelpüree und Tomatensauce, und zum Abendessen einen Kartoffel-Möhren-Eintopf. Morgen habe ich Telefondienst, ich bin den ganzen Tag verantwortlich.

Frau Doktor sagte mir, wenn Papa zuerst stirbt, hätte ich Anspruch auf einen Teil seiner Rente. Aber ich möchte nicht die Hinterbliebene sein, ich möchte zuerst in die himmlischen Höfe! Aber ich würde niemals Hand an mich legen, das würde ich euch niemals antun. Wenn ich das täte, müsstet ihr mit dem Stigma leben.

Wenn Mutter mit Medikamenten aus dem Bett geholt wurde, sprach sie so am Telefon. Sie hatte jeden Tag viel zu erzählen, was sie auf Station 5 erlebt hatte. Es schien, als gäbe es in der Welt nichts Interessanteres als die Ereignisse auf Station 5, oder Mutters Gabe, spannend zu erzählen, ließ alles so wichtig und gut erscheinen. Das machte es unvermeidlich, sie abends anzurufen, weil man sonst etwas Besonderes verpassen konnte. Was denn, fragte ich mich von Zeit zu Zeit – und wusste gleich die Antwort: Ich hätte eine gute Geschichte verpassen können, und das wäre schade, denn meine Mutter war dort, um gute Geschichten zu sammeln und sie mir am Telefon zu erzählen, wenn ich anrief, und ich war am anderen Ende, um sie anzuhören und es später aufzuschreiben.

So bekam alles einen höheren und weiteren Sinn, und da ich nichts gestoppt habe, weitete sich Mutters Geschichte aus und wuchs. Das sollte sie auch, damit möglichst viele Menschen Mutters Geschichte erfahren und sich der vollen Wahrheit über sie und die Welt, in der sie lebte, bewusst werden. Denn jeder möchte die volle

Wahrheit erkennen, und dieser Wunsch ist nichts anderes als das Verlangen, uns Gott zu nähern, während Gott nichts anderes ist als das Wahre, Majestätische und Edle in uns selbst. So sagte einst ein Philosoph, und an dieser Stelle würde ich als Mutters Protokollantin, beeidigte Dolmetscherin und Gerichtsschreiberin ihn bestätigen.

Im Übrigen glaube ich, dass auch Mutter ihn bestätigt hätte, weil sie so viel Zeit mit Gott verbrachte. Wenn niemand bei ihr war, wenn sie so tief in ihre finsteren Träume versunken war, dass ihr niemand in die Abgründe folgen konnte und es auch nicht wagte, weil er aus anständiger und sicherer Entfernung erkannte, wie *schrecklich* es war, dann war Gott bei Mutter, denn er steht immer und vor allem an der Seite derer, die großes Unglück erfahren haben und leiden.

Wäre Gott nicht bei Mutter gewesen, hätten wir nicht die ganze Wahrheit über Vater, über sie, ihre Krankheit und den Krieg erfahren können. Aber wir kennen sie, und sie erstrahlt vor uns wie der klare Morgen nach einer großen und schrecklichen Nacht, die schier endlos erschien. Der Tag bricht an, ein blasser und sanfter Morgen. Und alles ist wieder da – die Bäume, die Häuser, der Himmel, die Menschen. Sogar die Eichhörnchen, die eilig kleine, runde Früchte von Dornbüschen am Straßenrand nagen, und die Vögel mit buntem Gefieder.

Wie das Schicksal meinen arg- und schuldlosen Vater zwang, ein vorbildlicher Hausmann zu werden

Abends denke ich an Vater und Mutter. Mutter liegt in ihrem Krankenhausbett auf Station 5. Der Raum ist gelüftet worden, es gibt viel Sauerstoff. Zwei Frauen sind gegangen, aber neue sind schon gekommen, und soeben sind die Betten gemacht worden. Mutter legt sich hin und denkt über den vergangenen Tag nach. Sie ist glücklich, weil es ihr gut geht und sie bald entlassen wird. Sie freut sich, es wird schöne Tage geben und bald ein schönes Weihnachtsfest. Vater freut sich auch, wenngleich fröstelnd, denn der Herd im Rückgebäude heizt schlecht. Auch der ist in die Jahre gekommen, während er früher die Werkstatt so stark erhitzte, dass Vater die Tür öffnen musste, während er Holz hobelte.

Während der schwierigen Jahre wurde mit diesem Herd nicht nur geheizt, sondern auch gekocht. Vater, der vorher kaum ein Ei gekocht hatte, bereitete jetzt Gulasch, Suppen und Gemüseeintöpfe zu. Er sprach ständig über Rezepte, darüber, was er am nächsten Tag kochen würde und was ihm und Mutter gerade gut schmeckte. Er hatte keine andere Wahl, denn Mutter schlief ständig, oder mehr oder weniger ständig; sie stand nur auf, um etwas zu essen, und das war jetzt das von Vater Gekochte. Jegliche Ordnung, jegliche Strenge des einst geregelten und disziplinierten Lebens waren verlorengegangen. Rollen wurden plötzlich wandelbar, harte Formen zersprangen und zerfielen in kleine Stücke. Alles wurde dehnbar und durchlässig, und was früher furchtbar wichtig erschien, war jetzt belanglos. Die Schwierigkeiten waren da, damit wir aus ihnen lernten, doch das neue Wissen war äußerst mühsam zu erringen.

Meine Mutter und ihre weithin bekannten wohltätigen Aktionen

Mutter wurde auf der Station gerügt. Sie würde zu viel in die eigenen Hände nehmen. Für eine der Patientinnen hatte sie eine Spendenaktion initiiert: *Von jeder eine Kuna, um dem Geburtstagskind eine Rose zu kaufen.* Am Ende war sie sehr traurig und doppelt verletzt. Verletzt wurde sie einerseits von den anderen Frauen auf der Station, weil keine einzige sich ihrer Aktion anschließen wollte. Alle benutzten dieselbe Ausrede, sie hätten keinerlei Geld dabei. Sie kehrten ihr den Rücken zu, und gerade diejenigen, die bis gestern freundlich gelächelt hatten, wurden plötzlich kalt und distanziert.

Ihnen ist es egal, sagte Mutter. *Und die Frau, die Geburtstag hatte, brachte doch Kuchen für alle.*

Am meisten hatte Mutter jedoch die Ermahnung der Krankenschwestern verletzt. Sie musste sich ihrem Willen fügen und gestehen, dass der Wunsch, Geld für die Rose zu sammeln, eine Übertretung war. Sie musste das Gefühl haben, eine Strafe zu verdienen, obwohl sie nichts falsch gemacht hatte.

Wir haben unser ganzes Leben lang in einer Art Menschlichkeit mit anderen gelebt, sagte Mutter, *aber jetzt ist es damit vorbei. Es gibt keine Wärme mehr, weder unter den Patientinnen noch unter den Schwestern. Es gibt Schwestern, die lärmen und herumkommandieren. Sie haben hier die Macht, ich muss ihnen gehorchen. Das gefällt mir nicht.*

Vater respektierte die Obrigkeit auf eine seltsame, wenig konsequente Weise. Einerseits verachtete er sie und kritisierte sie ständig, andererseits brauchte er sie, um sich sicher zu fühlen. Er hielt die schwungvoll unterschriebenen amtlichen Papiere mit dem purpurnen Stempel am Fuße für Garantien staatlicher Fürsorge und Sicherheit. Es behagte ihm, gelegentlich einen Beamten mit Aktentasche im Haus zu empfangen, in dessen Formularen er seine Angaben eintrug: Geburtsjahr und -ort, Vatersnamen, Ausbildung usw. Er dachte, der Beamte sei Teil von etwas Großem und Gemeinsamem, das über alle wacht und nichts Schlimmes passieren lässt, obwohl just unter dem Deckmantel der Gemeinschaft viele schlimme Dinge passiert waren, die statt zum Wohlstand geradewegs zu Zerfall, Feindseligkeit und Tod geführt hatten.

Dennoch war der Eindruck eines sorgfältigen und seriösen Beamten mit einem neuen Kugelschreiber in der Hand, der keine Flecken auf dem weißen Papier hinterließ, so überwältigend, dass er alle Erfahrungen und Erinnerungen überdeckte, und das war eigentlich eine gute Sache.

Es gibt allerlei Menschen, und wenn es viele auf einem Fleck gibt, vermischt sich das Allerlei, und es entsteht alles Mögliche, nur nichts Gutes, sagte Mutter. *Du hast keine Macht, die Dinge wieder zum Guten zu wenden, wenn andere dich dabei nicht unterstützen wollen. Du musst dich zurückziehen und fertig. Du musst akzeptieren, dass das so ist und fertig, weil niemand darüber reden will, was ihn wirklich quält.*

Wenn sie so sprach, war Mutter etwas „niedergeschlagen“. Sie wurde medikamentös heruntergeholt, weil sie mit ihren Initiativen und den Rosen „zu weit“ gegangen war. Deshalb verwandelten sich die lieben, guten und sympathischen Frauen über Nacht in kalte und feuchte Wände. Ihre Begeisterung für alles, was kommen sollte, wurde deshalb durch Resignation ersetzt, und an die Stelle von Gemütlichkeit und Behaglichkeit traten Strenge und Strafe.

Es hing alles davon ab, was von innen kam. Wenn es drinnen gut bestellt war, konnte es draußen schlecht oder hart sein, aber man hatte nicht den Eindruck, es ist wahr.

Aber es stimmt auch, dass niemand reden möchte: weder über das, was ihn quält, noch über das Schöne im Leben. Niemand möchte reden, Mutter hatte Recht. Jeder will nur seinen Willen bedingungslos durch Schuld und Angst durchgesetzt wissen. Er will nicht einmal darüber reden, was er durchsetzen möchte. Es soll sich von alleine durchsetzen – aus Angst vor Strafe und aus dem Gefühl von Schuld, weil immer viel zu wenig durchgesetzt wird.

Eine Frau wollte ihren Mann töten. Sie stach mehrmals mit einem Messer auf ihn ein. Sie saß vier Jahre im Gefängnis und wird jetzt hier behandelt. Ich würde es nie wagen, Papa zu erstechen! Stell dir vor, was er mir antun würde, wenn ich auf ihn eingestochen hätte! Ich würde das Zehnfache abbekommen! Außerdem, wie könnte ich überhaupt auf ihn einstechen, wenn ich nicht mal ein Huhn schlachten kann?

ZWEITES KAPITEL

in dem ich als Protokollantin,
Dolmetscherin und Gerichtsschreiberin
meiner Mutter mir die Freiheit
und den Raum nehme,
um zwischen Mutters Krankenhausberichten
und anderen Darlegungen
einige Gedanken und ein allgemeines Bild
zu entfalten mit dem Ziel
einer möglichst präzisen Beschreibung
und Analyse des Raums,
der Zeit und der Menschen,
die Mutter umgaben, was auf die eine
oder andere Weise – behaupte ich
aus meiner forensischen Sicht nach langem,
sorgfältigem Zuhören und
systematischem Aufzeichnen –
die Entwicklung ihrer wundersamen und
etwas mystischen,
in jeder Hinsicht außergewöhnlich
künstlerischen Krankheit
beeinflusst hat.

Die Ermahnung im Zusammenhang mit der wohltätigen Aktion

(so enden gute, aber allzu eigenwillige Aktionen)

Die Zurechtweisung, die Mutter im Krankenhaus erhielt, verletzte sie. Es war eine Ermahnung wegen der Rose für die Geburtstagsdame auf ihrer Station. Die Verletzung zerriss sie leise von innen heraus, wodurch sie ihre Ruhe und Lebensfreude verlor. Sie begriff nicht, dass sie die Ermahnung hätte innerlich akzeptieren müssen, um sie loslassen zu können, dann wäre sie wieder frei gewesen. Innerlich rebellierte sie immer noch gegen die Ermahnung, wehrte sich gegen sie, und solange das andauerte, konnte sie nicht frei sein, weil sie fortwährend an das Ereignis gefesselt war. Die Krankenschwester, die sie zurechtwies, würde sie an das Vorkommnis binden, glaubte sie, doch das stimmte nicht. An das Ereignis band sie sich selbst, und hätte sie das begriffen, hätte sie sofort wieder vollkommen entbunden sein können.

Sie glaubte, sie würde mit ihrer Verletztheit sich selbst treu bleiben, aber in Wirklichkeit tat sie sich damit keinen Gefallen und blieb nicht sich selbst treu, sondern ihrem Bild von sich selbst, welches eine Illusion war und eben als Bild endgültig und einschränkend. Hätte sie erkannt, dass das Bild von sich, an dem sie sich festhielt, gar nicht existierte oder unwesentlich war, hätte sich in ihr ein riesiger Raum geöffnet, viel größer als der, den sie sich in ihrem Inneren vorstellte. Es wäre ein Raum des Universums, der Liebe und der Gegenwart Gottes gewesen, und das Göttliche wäre durch das Öffnen dieses Riegels in sie hinabgestiegen.

Ein Wortspiel ist sehr gefährlich
(vernünftiger wäre es zu schweigen)

Von allen Patienten und Patientinnen im Krankenhaus war meine Mutter die Geistesgegenwärtigste. Das lag daran, dass sie von niemandem geschlagen wurde und nicht voller Traurigkeit und Wut war. Ihre Krankheit rührte daher, dass ihr die Ärzte einst das Tor zum Universum entfernt hatten. Wenn man einer Frau das Tor zum Universum herausschneidet, stirbt sie, obwohl sie physisch noch am Leben ist. Ärzte denken nicht so darüber nach, also schneiden sie Frauen gewaltsam das Tor zum Universum weg. Dann sind diese Frauen traurig und niedergeschlagen, glauben, sie seien wertlos, weil ihr größter Schatz – das, was sie zu Frauen machte, und das, woher alles Leben kam – mit Gewalt herausgeschnitten wurde. Ärzte meinen, wenn sie einem Menschen etwas herausschneiden, würde er wieder gesund, doch das ist falsch. Niemals ist etwas durch Schneiden geheilt worden. Es wird nur das verkürzt oder verkleinert, das an einer Stelle hervorwölbte, weil es Hilfe, Liebe, Verständnis und Vergebung brauchte.

Das offene Geheimnis der ärztlichen Bestechlichkeit und das Tor zum Universum

Der Arzt, der Mutter das Tor zum Universum herausschnitt, nahm das Geld in einem Briefumschlag entgegen. Vater brachte viel Geld für den Arzt, der als bester Zerschneider des menschlichen Körpers galt. Er konnte sämtliche Organe des Körpers auswendig aufzählen. Er hatte so viele Bücher und Lehrwerke gelesen und so viele lange wissenschaftliche Artikel geschrieben, die er auf so vielen renommierten wissenschaftlichen Konferenzen präsentierte, dass der eigentliche Mensch für ihn so weit entfernt war wie der entfernteste Punkt des Weltalls.

Er kannte zerschnittene und blutige Körper, und sie waren alle gleich – gleichermaßen widerwärtig und abstoßend. Sie hatten keine Namen, nur eine Geldsumme im Briefumschlag, die dem einzelnen ohnehin wertlosen Körper zugeordnet war. Alles, was wertvoll war, passte in einen etwas größeren und dickeren Umschlag, und je gefüllter der Umschlag war, desto besser. Die Werte erhöhten sich und glichen sich schließlich der Wertlosigkeit der zerschnittenen Körper an.

Als er sich alles Gewünschte gekauft hatte, um sich wie ein König zu fühlen, der nie einen feuchten Lappen in die Hand nehmen und den Schlamm von seinen Schuhen abwischen muss, begann der Arzt die Wertlosigkeit der Umschläge zu spüren, und nicht nur der Umschläge. Da tauchten Vater und Mutter mit ihrem dicken

Umschlag auf, und alles fing von vorne an. Die blutigen Messer und Scheren bekamen ihren wahren Geruch und ihre Farbe zurück, und auch Mutter wurde zu einer Nummer, einer Geldsumme im Umschlag, was viel war, aber sicherlich nicht genug, sonst wäre nicht alles geendet, wie es geendet ist.

Aber alles endete, wie es geendet hat, und da es vorbei ist, macht es keinen Sinn mehr, darüber zu reden. Alles, was über den Arzt und seine Umschläge gesagt oder gedacht wird, ist jetzt überflüssig, weil die Umschläge längst schon geleert worden sind, und daher macht es keinen Sinn mehr, darüber zu reden, weil sie nicht existieren. Vielleicht waren sie selbst damals, als sie existierten, nur Einbildung, genauso wie der Arzt und Mutters Operation Einbildung waren. Alles, alles war Einbildung, also ist es am besten, dass es so bleibt, begraben auf dem Grund einer fauligen Grube, zusammen mit dem Arztkittel, der Brille, den gerahmten Plaketten und Urkunden sowie Mutters Tor zum Universum, wodurch ich, genau genommen, eines heißen Tages aus dem Schoß meiner Mutter geschlüpft bin.

Alles Gute zum Geburtstag, Fräulein Flausch!

Mutter feierte ihren Geburtstag. Das sah so aus, dass sie in der Krankenhauskantine eine große Tafel Schokolade kaufte. Nach dem Mittagessen, zu dem es an diesem Tag gekochten Grünkohl mit einem großen Wiener Würstchen und ein Stück Brot gab, spendierte Mutter all ihren Zimmergenossinnen Schokolade. Für diesen Tag zog sie feierlich eine neue Tunika mit bunten Streifen an. Das Beste aber war, dass die Frauen nach der Schokolade und den Säften, angeführt von Mutter, Lieder sangen.

Wir sangen „Das Häuschen am Berg“, „Das Bächlein“ und „Als es gestern dämmerte“. Später sangen wir ein paar Kirchenlieder. Eine junge Krankenschwester, die im Kirchenchor singt, hat sich zu uns gesellt. Die Frauen konnten es kaum erwarten zu singen. Dann sprachen wir wie immer über Rezepte, Wintervorräte, über unsere Männer, über die Kinder ... Es war wunderbar!

Am nächsten Tag wurde Mutter Arbeiterin. Sie bekam eine Arbeit in der Kissenwerkstatt des Krankenhauses. Dort füllte sie geflickte Kissenbezüge mit Kunstdaunen, einem flauschigen Kunststoff ähnlich wie Schaum und Schnee. Dort passierte alles Mögliche, es verliebten sich sogar einige, denn Männer und Frauen gingen gemeinsam in die Werkstatt zum Arbeiten.

Um halb elf haben wir eine halbe Stunde Pause, dazu gibt es Kaffee und Säfte. Dann arbeiten wir bis zum Mittagessen. Sie füttern uns wie im Hotel. Heute gab es Tomatensuppe und Fisch. Den Fisch habe ich der Dame gegeben, die LM raucht, aber ich hatte trotzdem was davon – ich habe noch einen Teller Tomatensuppe gekriegt! Nach dem Mittagessen hatten wir eine Stunde zum Lesen. Wir versammeln uns im Aufenthaltsraum und eine Schwester liest uns vor. Heute ging es in der Lesung um Emotionen.

Wenn viele Menschen an einem Ort versammelt sind, kann es zu einem Durcheinander kommen. Eine Menschenmenge schafft selten gutes Gefühl. Lediglich wenn es Musik gibt, kann sie für gute Stimmung sorgen und die Leute komplett umpolen, sodass sie auf einmal aufhören, sich gegenseitig und sich selbst zu hassen, und beginnen, sich wie göttliche Seelen zu benehmen. Dann singen sie und beginnen, göttliche Liebe zu allen auszustrahlen, nicht nur zu denen, die sie kennen und denen sie sich nahe fühlen. Wie Tränen reinigt auch ein Lied die Seele, wenn es rein ist und zu Liebe aufruft statt zu blutigem Kampf.

Heute habe ich wieder in der Daunenwerkstatt gearbeitet. Die Daunen habe ich gerissen, gerupft und in die Kissen gestopft. In der Pause kamen zwei Musiker von der anderen Station, mit einer Gitarre und einem Akkordeon. Sie spielten, und wir sangen und tanzten. Es waren mehrere Lieder: „Die breite Straße", „Kleine Mara ging auf den Markt", „Mirjana" – für die Chefärztin, die Mirjana heißt – und „Oh Ana, oh Anica" für die Oberschwester, die Anica heißt. Auch sie ist gekommen und hat uns zugehört. Es wurde gesungen und getanzt, obwohl viele krank sind und wirklich nicht gut drauf. Wenn der Mensch Lebenswillen hat – selbst ein Kranker, der sich elend fühlt –, kommt die Kraft wieder, und die ist so stark. Einmal schaute ich zu, als eine Mutter ihre zurückgebliebene, kranke Tochter besuchen kam und ihr den Pyjama wechselte. Sie hatte ihr einen neuen Frotteepyjama gekauft. Das war schrecklich anzusehen, weil die Tochter jung ist und sich nicht selbst anziehen kann, also machte das ihre Mutter. Das fand ich so traurig, dass ich gut zehn Minuten geweint habe.

Lügen und Stehlen versus Freiheit und Wahrheit 10:0

Angesichts der Tatsache, dass die führenden Köpfe im Staat logen und stahlen, ohne dass sie jemand für diese „Arbeit“ bestrafte, obwohl es Zeugen und Beweise für ihr Lügen und Stehlen gab, wurde das Lügen und Stehlen indirekt legalisiert, also konnte und sollte jeder lügen und stehlen, dem es sein Gewissen erlaubte. Damit war er gesellschaftlich wertvoll und bedeutsam, weil er den leuchtendsten Beispielen an der Spitze folgte. Es war klar: Nur die Größten konnten *en gros* lügen, stehlen, andere ausnehmen und deren Vermögen scheffeln; alle anderen waren Narren, weil sie zuließen, dass man sie belügt und bestiehlt.

Den niedrigsten Rang belegten nicht die Analphabeten, die aus Unwissenheit zu den Lügenden und Stehlenden hielten, weil deren Hochmütigkeit und Arroganz sie beeindruckten und weil sie dachten, das beweise ihre Größe und Bedeutung, sondern diejenigen, die an Ideale glaubten und weiterhin für Ideale wie Treue, Güte, Wahrheit, Ehrlichkeit, Redlichkeit, Liebe, Aufrichtigkeit, Zuverlässigkeit und Vertrauen kämpften, auf gute, ehrliche und rücksichtsvolle Weise.

Tief im Inneren glaubte jeder, der nächste könnte ihn täuschen, es sei denn, er war ein naiver Narr von ganz unten in der Pyramide, der buchstäblich an Ideale glaubte und von dem noch niemand wusste, dass er gestohlen und gelogen hatte. Die meisten Menschen wussten über das Stehlen und Lügen der Anderen Bescheid: Sie wussten genau, wer was stahl und wer wen wann belog, aber sie gaben vor, es nicht zu wissen. Dieses Wissen verband sie zu einer Seilschaft, in der sie alle in gewisser Weise die Zügel der anderen hielten, da sie deren Geheimnisse vom Lügen und Stehlen kannten. Daher war niemand völlig frei, sich von der Seilschaft und dem Kreis, in dem er sich befand, zu verabschieden, aber dieser Mangel an Freiheit und Wahrhaftigkeit wurde durch das Wissen gerechtfertigt, dass die anderen ebenfalls weder völlig frei noch wahrhaftig waren, weil man ja glaubte, man könne gar nicht völlig frei und wahrhaftig sein.

Wenn es doch Menschen gab, die in ihrem Denken und Handeln vollkommen frei und wahrhaftig waren oder in ihrem Leben und Denken danach strebten, wurden sie auf friedliche Weise entfernt, wie tote Käfer wurden sie unter den Teppich gekehrt, wo sie gerade noch kärglich dahinleben konnten, dank dem Umstand, dass es durch die Mottenlöcher im Teppich kurze Atemzüge gab, aber nur so viel, dass sie nicht ganz verdorrten.

Es gab viele Menschen, die tief im Innern frei und wahrhaftig sein wollten, aber glaubten, dies sei noch nicht möglich, oder die glaubten, man müsse sich einfach an Unfreiheit und Unwahrheit anpassen, um nicht unterzugehen und wie vertrocknete Käfer unter den Teppich gekehrt zu werden. Sie verfügten über gute Anpassungs- und ebenso gewinnende Schauspielfähigkeiten, und damit versuchten sie, sich und andere davon zu überzeugen, dass sie nie im Leben daran interessiert gewesen waren, frei und wahrhaftig zu sein, während sie doch tief im Innern glaubten, Freiheit und Wahrhaftigkeit seien für sie das Inspirativste, das ihre Herzen höherschlagen lasse, und sie freuten sich, wenn über nichts anderes, dann über den Mut anderer, frei und wahrhaftig zu sein.

Darüber dachte ich nach, als der Wächter im Häuschen am Eingang des Krankenhausgeländes – einst ein riesiges Anwesen großer Grafen und Gutsbesitzer – die Schranke hochfuhr. Es genügte, im Auto zu winken, und schon wusste er, wer wir waren und wen wir besuchten. Und er winkte immer zurück, als wären wir Freunde, und wir schienen es auch in gewisser Weise zu sein und uns in jeder Hinsicht gegenseitig zu verstehen, ohne jemals ein Wort gewechselt zu haben.

Wir verstanden den Wachmann und wie es für ihn war, im Winter im Wachhäuschen zu sitzen und die ausgestreckten Beine in dicken Wollsocken, die ihm eine Patientin im Krankenhaus gestrickt hatte, über dem glühenden Wärmestreifen eines kleinen Elektroheizkörpers zu wärmen.

Wir verstanden die zerknitterte Zeitung auf dem durch Messer und Kugelschreiber zerkratzten Holztisch ebenso wie den allgegenwärtigen Geruch des mit Salami und Käse belegten Brotes, das er mittags essen sollte, aber aus Langeweile und Ungeduld schon früh am Morgen aß.

Für uns war es auch nachvollziehbar, dass der Wachmann im Wachhäuschen, der am Eingang des riesigen Krankenhausgeländes die Schranke für Autos und Krankenwagen hochfuhr, während seiner langen Schichten hauptsächlich fernsah, wofür er einen kleinen Fernseher zwischen zwei Sperrholzregalen und dem elektrischen

Schalter an der Wand befestigt hatte.

Der Wachmann war schläfrig, weil er von den sinnentleerten Bildern auf dem Fernsehbildschirm ewig betäubt war, aber er brachte es nie fertig, ihn auszuschalten. Dazu fehlte ihm die Kraft. Schließlich hätte das Schlimmste erst nach dem Ausschalten kommen können – in Gestalt der Frage: *Und was nun?*

Von der Bildschirmhypnose ließ er seinen Geist jedoch nicht so sehr verwirren und einlullen. Der Wachmann konnte unseren Schmerz sehen und begreifen, wenn wir Mutter besuchen kamen. Er konnte sich darauf konzentrieren zu messen, ob der Schmerz größer war, als wir auf das Krankenhausgelände fuhren oder als wir es verließen, doch er konnte sich am Ende kaum sicher über die Beständigkeit der gemessenen Verhältnisse sein.

Verdorrte Leben und die Käfer unter dem Teppich

Da man niemandem und nichts vertraute, weil man weder an die Wahrheit noch an das Göttliche im Menschen glaubte und überzeugt war, dass alle falsch und auf die eine oder andere Weise in Lügen und Böses verwickelt waren, herrschte Verdruss und Hass gegen alle. Man vertraute niemandem und nichts, und die angehäuften Verdächtigungen und schlechten Gedanken mündeten in Ärger und Wut, im Wunsch, den anderen als schlimmsten Feind zu zermalmen und ihn auf gar keinen Fall als Bruder zu lieben und zu umarmen.

Jeder dachte, er selbst und die ihm am nächsten stehenden Menschen seien einigermaßen sicher, obwohl dieses Stückchen Sicherheit nicht einmal jedem gegönnt war. Wenn sich die Menschen innerhalb ihrer Umgebung sicher fühlten, nährten sie die Überzeugung, dass es Aufrichtigkeit und Ehrlichkeit nur innerhalb ihres eigenen Lebensumfelds gab, womit alles außerhalb davon unaufrichtig und unehrlich war. Sie hörten daher allen anderen mit großem Argwohn zu, maßen und wogen jedes gesprochene Wort und jede Geste ab. Besonders wichtig waren Bilder und Töne, was für ein Gesicht jemand hatte, wie er gekleidet war und ob seine Außenwirkung dem ihm zugewiesenen Platz in der Gesellschaft entsprach.

Der Ton war wichtig, weil es oft nicht darauf ankam, *was* gesagt wurde, sondern *wie* es ausgesprochen wurde – ob der Ton die Macht und Herrschaft des Starken demonstrierte oder Unterordnung und Gehorsam widerspiegelte. Alles war dermaßen schlicht in groben Gegensätzen geordnet, dass es für Feinheiten und für denjenigen, der subtil dachte und die Wirklichkeit und sich selbst auf vielfältige Weise betrachtete, einfach keinen Platz gab, und nicht nur keinen Platz, sondern auch keinen Bedarf, und daher durfte jeder, der die Dinge auf komplexere Weise betrachtete, seine Sachen packen und das Weite suchen oder konnte einfach mit den anderen unter den staubigen Teppich gekehrten Käfern verwelken.

Auf den Bühnen spielte eine Posse, in der sich die Darsteller, völlig abgesondert vom Rest der Welt, gegenseitig größte Auszeichnungen und Beinamen verliehen. Alles wimmelte von Genialität und Genies, alle waren geborene und vererbte Talente, die die Welt erobern konnten, wenn sie es nur wollten.

Und doch konnten es alle gleichzeitig kaum erwarten, beim anderen nach sorgfältiger Erforschung einen Fehler zu finden, denn nur mit Hilfe fremder Fehler konnten sie ein Stückchen Freude für sich selbst finden. Das lag daran, dass alle von klein auf daran gehindert wurden, frei zu denken, zu handeln und zu sprechen, und weil das Leben in ihnen von Kindesbeinen an getötet wurde, erstickte ihr inneres Wesen, das doch leben und sich entwickeln wollte.

Durch systematische Einschüchterung, Verbote, Angst und Bestrafung wurden Menschen als Kinder getötet, um zu dem zu werden, was sie waren, und sie fristeten halbverdorrte Leben und trösteten sich, dass alle anderen genauso lebten und dass es nichts Besseres geben konnte.

Die Käfer unter dem Teppich, die zäh genug waren, um Widerstand zu leisten und sich vor Bestrafung, Erpressung oder Einschüchterung nicht fürchteten, galten als völlig tot und verdorrt. Wenn die Käfer unter dem Teppich trotz allem etwas erzeugten, etwas Wertvolles und Zeugnis der lebendigen Substanz in ihrem Wesen, schob es die Allgemeinheit oberhalb des Teppichs schleunigst noch tiefer unter den Teppich, damit niemand es bemerkte, sah oder hörte.

Denn je näher jemand der Wahrheit kam, desto wertvoller war seine Substanz, aus welchem Material sie auch gemacht war – sogar aus Alteisen –, wenn sie eine Annäherung an das wahre Leben und die Welt darstellte, auch wenn sie völlig erfunden erschien. Sie hatte eine Kraft, die innerhalb der Seelen erkennbar war, innerhalb jener göttlichen und toten, verdorrten und traurigen kleinen Seelen, die es gelegentlich schafften, ein Stück göttlichen Edelmuts in sich zu bewahren und sich dann still und heimlich von dem, was sie erzeugten, ernähren konnten.

Es herrschte die Meinung vor, dass alle nur zum eigenen Vorteil handelten. Überall suchte man nach jemands Vorteil, und selbst wenn man ihn nicht finden konnte, akzeptierte man wiederum nicht, dass es ihn nicht gab. Für einen normal denkenden Menschen war es inakzeptabel, dass jemand etwas tat, ohne Vorteil daraus ziehen zu wollen; wenn kein erkennbarer Vorteil auf der Hand lag, wurde ein besonderer, großer, geheim angestrebter Vorteil vermutet, auf den alle bereit wären, besonders lange – jahrelang – zu warten, weil es sich um einen außergewöhnlichen, außerordentlichen Vorteil handelte, der eines Tages wie eine Granate widerhallen würde.

Auch darüber dachte ich nach, nachdem wir die knarrende Eisenschranke, wie die an den Übergängen kleinerer Eisenbahnlinien und Bahnhöfe, hinter uns gelassen hatten und auf das nationalparkähnliche Gelände der psychiatrischen Anstalt fuhren, wo zwischen den vielen Tannen und Kiefern, zwischen Eichen, Trauerweiden, Birken und Kastanien, zwischen Buchen, Haselstauden und Pappeln keine Wölfe, Füchse oder Bären zogen, keine zierlichen Pfauen, Antilopen und Gazellen; nur dicke Schatten gewöhnlicher Menschen watschelten im eingehegten Raum wie Enten umher, manchmal in lange Überröcke gehüllt, manchmal in dunkle monochrome Mäntel oder, wie Mutter, in eine Winterjacke mit kunstpelzbesetzter Kapuze, die wie ein heiterer Eichhörnchenschwanz im Wind hin und her hüpfte.

Graue Nebelschwaden, wie der Dampf eines schweren, köchelnden Sülzetopfes, senkten sich über die Köpfe der schweigsamen Bewohner der Krankenhausgebäude, die mit grauen Gesichtern und noch graueren, tiefen Blicken den grauen Rauch dünner Zigaretten einatmeten. Sie waren desillusionierte Soldaten, die für die Würde ihrer Heimat gekämpft hatten, obwohl diese sie betrog und verriet, die über Leichen gegangen waren und verwesende Körper gesehen hatten, die sie oft selbst mit Messern und Gewehrkolben traktiert hatten, im Glauben, dies alles geschehe nicht ohne Grund, sondern wegen der sogenannten *höheren Ideale,* die sie nie anzweifelten.

Alles, was ihre Seelen und Körper im Krieg ertragen hatten, kam in den Tagen nach dem Krieg in ihren Träumen zum Vorschein. Die Träume brachten Schrecken und Entsetzen, wovon aber niemand hören wollte, denn niemand hatte dafür Zeit, sondern alles wurde mit einer Handvoll weißer, roter und gelbblauer, dicker und dünner, länglicher und runder Tabletten erstickt und vertuscht.

Das Krankenhaus war voller solcher Menschen, wie es auch voller Menschen ohne sogenannte *Identität* war, die ihrer Vergangenheit, ihrer Abstammung und ihrem Namen hatten entsagen müssen, wie russische oder polnische Juden vor siebzig Jahren, um sich dem neuen Wertesystem anzupassen, wo es für sie am besten war, nicht zu existieren, beziehungsweise eine Handvoll weißer, gelber und gelbblauer Tabletten zu schlucken und wie die Bären und kleinen pelzigen Nagetiere im Yellowstone-Nationalpark den Winter zu verschlafen.

So verbanden ähnliche Krankheiten all diejenigen, die während des wahnwitzigen Krieges auf entgegengesetzten Seiten gestanden hatten, und sie verurteilten sie zu Verständigung und Freundschaft. Die Soldaten hatten diejenigen getötet, vergewaltigt und verstümmelt, deren Genetik und Blutbild nicht jener großen Vision entsprachen, die die gesamte Region umfassen sollte und die einen von allen gemischten, verdächtigen, stinkenden Fremdkörpern gesäuberten Lebensraum versprochen hatte.

Im Krankenhaus und auf dessen Gelände waren jedoch alle Gleiche unter Gleichen. Niemand verspürte das Bedürfnis, über die schrecklichen Tage zu sprechen, weil alle mit Tabletten vollgestopft waren, also schleppten sie schweigend und zerknirscht ihre Füße in schweren Schuhen, wie gebrochene Gefangene nach einem langen Tag körperlicher Arbeit. So sah es dort aus, aber es war nicht immer so düster und schwarz, denn manchmal wurde Mutters Berichten zufolge gesungen und getanzt, und mit Gesang und Tanz wird alles vergessen und die Seele wendet sich den göttlichen, goldenen Höhen zu, wo Harmonie, Reinheit und Güte herrschen und sich niemand um Abstammung und geografische Zugehörigkeit kümmert, weil Themen mit einer solchen Ausrichtung in diesen Höhen weder verstanden noch erklärt werden können.

Die Entstehung der Angst durch die Gestalt des Gottvaters

Meine Mutter wäre nicht so krank gewesen, wenn es nicht etwas Tieferes als Soldaten und Kriege gegeben hätte. Darüber habe ich immer nachgedacht, wenn sich die schwere Eisenschranke des Krankenhausgeländes hinter unserem alten Škoda senkte. Mit meinen Gedanken wollte ich in die Knochen meiner Mutter hineindringen, in denen sich, wie ich vermutete, das Geheimnis ihrer Krankheit verbarg, das Geheimnis all dessen, was um Vaters und Mutters Schloss herum geschehen war. Es schien mir, als würde ich in Mutters Knochen immer nur Angst finden. Ich studierte eingehend und sorgfältig alle Einzelheiten und Nuancen der Knochenmasse, überprüfte und verglich meine Analysen mit den Ergebnissen von Mutters Ärztin aus den Krankenhausunterlagen. Am Ende aller meiner Reisen und Recherchen musste ich mir selbst eine Art fachliches Gutachten erstellen, als Beweis dafür, dass es trotz aller scheinbaren Verworrenheit möglich ist, zu klaren Antworten zu gelangen.

Fachliches Gutachten
(eine kombinierte Technik von Tiefenanalyse der Knochen und Krankenhausunterlagen)

Mutters Vater trieb ihr die Angst in die Knochen. Das geschah, als sie noch ein sehr kleines Mädchen war. Diese Angst drang ihr so tief in alle Knochen und Gewebe ein, dass sie sie ihr ganzes Leben lang nie wieder verließ. Die Angst wurde ein Teil von ihr und sie selbst wurde zu Angst. So entstand eine Frau, die tagtäglich und ihr ganzes Leben lang die Strafe ihres Vaters fürchtet. Der Vater war Gott selbst, und alles Gute, das Mutter zuteilwurde, war sein Verdienst, während alles Schlechte auf ihr eigenes Zutun zurückging. Es gab eigentlich nichts Schlechtes – das Schlechte an sich existierte nie –, denn Mutter erfüllte die Erwartungen ihres Vatergottes derartig, dass alles, was sie erlebte, gut war, gut im Einklang damit, was von ihr verlangt wurde.

Möglicherweise ist Mutter im Laufe ihres Lebens etwas zugestoßen, was ihr nicht ganz behagte, aber, so wie ihr Vater sich in der ganzen Frage der Erziehung seiner ältesten Tochter, meiner Mutter, positioniert hatte, existierte Schlechtes nicht. Das, was ihr nicht behagte oder womöglich ein wenig schlecht war, wurde demnach unter den Teppich gekehrt.

Darunter gekehrt wurde alles das, was nicht ins Bild passte, sodass an der Oberfläche alles glänzend, bestens, glasklar und sauber war, wie das Haus, das Mutter jeden Tag und immer wieder unermüdlich putzte.

Mutter hielt ihre Angst meisterhaft verborgen. Alles war in bester Ordnung, es konnte keine Angst geben, denn die war schlecht. Es war gut, immer ein wenig Angst zu haben, aber nicht zu viel, und da Mutter zu viel davon hatte, durfte sie selbst nicht wissen, dass die Angst da war. Deshalb war Mutter immer laut und fröhlich, und wenn ausnahmsweise nicht, wurde sie nervös und wütend. Sie strömte derart intensive Emotionen aus, weil leise und sanfte Emotionen wie die Angst selbst nicht unter der Haut herausrutschen sollten wie eine dicke, schwarze Schlange, die während des Schlafens unter dem Bett hervorkriecht.

Alles, was Mutter in ihrem Leben tat, galt der Zufriedenstellung ihres Vaters, denn er war der Gott, der sie geschaffen hatte und ihr Leben eingehaucht hatte wie Moloch. Sie verdankte ihm alles, was sie geworden war, und sie musste ihm ihr ganzes Leben lang dafür dankbar sein, dass er sie ernährt und gekleidet hatte, und wenn sie krank war, ging er mit ihr zum Arzt, der sie mit einer Spritze ins Gesäß impfte. Außerdem erzog ihr Vater sie, er ernährte sie am Familientisch, sogar als sie bereits heiratete und an einen anderen Tisch wechseln konnte. Aber ihr Vater war so großzügig, dass er sie an seinem Tisch behielt, bis sie eine Bescheinigung in Schönschrift auf Kartonpapier beibrachte, sie sei jetzt eine gebildete Person.

Mutters Vater war keineswegs ein außergewöhnlicher Vater, nicht einmal darin, für sie „ihr Gott“ zu sein, denn er gehörte zu den Millionen identisch erzogenen Vätern, die auf identische Weise ihren eigenen Nachwuchs erzogen. Sie gaben nur das weiter, was sie geerbt hatten und nicht besonders hinterfragten, sondern annahmen und blind befolgten. Dieser Vorstellung nach war jeder Mann Gott, auch schon im Mutterleib, und jede Frau eine Schande oder zumindest eine mögliche Schande, auch schon im Leib ihrer Mutter.

Da jede Frau eine mögliche Schande war, musste sie mit großer Vorsicht und ebenso großer Strenge behandelt werden, um ihr ein für alle Mal reichlich Angst in die Knochen zu treiben, damit sie niemals auf den Gedanken kam, etwas Schändliches zu tun.

Freilich tat Mutter nichts Schändliches, im Gegenteil, sie tat alles Vorbildliche und Musterhafte, was ihr den Segen und die Zuneigung Gottes beziehungsweise ihres Vaters einbrachte. Sogar nach seinem Tod, das heißt, nach seiner Auferstehung, auch während er noch auf seinem Sterbebett lag, lenkte er sie und ihre Gefühle. Auch nach dem Tod „ihres Gottes“, also ihres Vaters, tat Mutter alles, um seinen Erwartungen gerecht zu werden. Auch als zahnlose, humpelnde alte Frau war Mutter immer noch ein kleines Mädchen, das in den Augen ihres strengen Vaters nach Zeichen der Anerkennung suchte.

Meine Mutter lebte ihr ganzes Leben, ohne jemals erwachsen zu werden, deshalb strebte sie immer nach Anerkennung und Ehre, weil sie – ebenso wie die meisten anderen Menschen, die sich für Erwachsene halten, obwohl ein Erwachsenwerden und Reifen in ihnen nie wirklich stattfand – glaubte, Anerkennung und Ehre seien das Höchste, das Nonplusultra.

Aber Mutters Streben nach Anerkennung und Ehre war nur ein Streben nach Anerkennung und Ehrung durch ihren Gottvater, der, obwohl er selbst danach strebte und persönlich mehrere Epauletten-Rangabzeichen trug, nie besonders großzügig im Austeilen von Anerkennung und Ehre war.

Da Mutter so vorbildlich und geachtet war und sich in dieser Hinsicht möglicherweise nicht so bemühen musste, konzentrierte sie ihre Bemühungen auf diejenigen, die nicht vorbildlich und geachtet waren und deren Verhalten in jeder Hinsicht von den unter der Herrschaft des Gottvaters festgesetzten Standards abwich. Ganz instinktiv reagierte Mutter auf alles, was außerhalb dieser Standards war oder gegen sie verstieß, manchmal sogar mit dem Ziel, ähnlich wie ein seine Mutter imitierendes Mädchen mit dem Finger auf das unangemessene Verhalten zu zeigen:

Zwei Männer saßen und spielten Akkordeon, und zwei Frauen von unserer Station saßen neben dem einen, eine auf jeder Seite, und lehnten ihren Kopf an seine Schulter. Er spielte „Die schöne Brünette" für die eine, die schwarze Haare hat, und „Eine Blondine hat mich betrogen" für die andere, die blonde Haare hat. Sie machten nichts, sondern lehnten ihre Köpfe an seine Schultern und schmunzelten, als wären sie beschwipst. Aber jeder weiß, was das bedeutet, den Kopf an jemands Schulter zu lehnen – das ist doch wohl jedem klar! Trotzdem wollte ich der Krankenschwester später nicht sagen, was die Frauen da gemacht haben, was auf der Station los war, als die Akkordeonisten da waren.

Dabei war Mutter keine ausgeprägte Moralhüterin. Manchmal hatte sie Verständnis für Liebe und Sex, aber nur wenn solche Begebnisse und Erscheinungen innerhalb der Institution der Ehe stattfanden. Als sie sich als blutjunges Mädchen den Roman „Lady

Chatterleys Liebhaber" in der Stadtbibliothek auslieh, war klar, dass ihr Vater, der alles sah, so wie Gott alles sieht, da er regelmäßig in die Stadtbibliothek ging und sich über die von seiner Tochter ausgeliehenen Bücher informierte, die strengsten Maßnahmen ergreifen würde, um das Lesen solcher Bücher in Zukunft zu unterbinden. Das hatte noch nie jemandem gutgetan!

Vor ein paar Tagen hatten wir einen Vortrag über Liebe und einen über Sex. Nach beiden Vorträgen habe ich mich in der Diskussion gemeldet, weil ich Erfahrungen mit der Liebe und auch Erfahrungen mit Sex habe. Wie auch immer, ich hätte nie gedacht, dass Sex für die Familie so wichtig ist. Beim Vortrag wurde uns gesagt, dass Sex in der Ehe sehr wichtig ist, und ich hatte keine Ahnung davon.

Immerhin, als ich vor einigen Jahren, vor meiner Pensionierung, an einer Untersuchung teilgenommen habe, musste ich mich mit ungefähr siebenhundert Fragen auseinandersetzen, und bei fünfzig der siebenhundert drehte es sich um Sex. Mein Gott, wie wichtig Sex ist!

Als dein Vater wollte, dass wir noch ein Kind bekommen, wollte ich das nicht. Und doch hat er seinen Willen durchgesetzt. Er wollte zwei Kinder haben, weil er keine Brüder oder Schwestern hatte. Du warst schon groß, als wir das zweite Kind bekommen haben. Du bist zur Schule gegangen, und Vater fürchtete, du könntest einen Unfall haben. Jeden Tag bist du an der stark befahrenen Straße, die immer voller Tankwagen und Autos ist, zur Schule gelaufen, und Vater hatte Angst, dir könnte etwas passieren. Also dachte er, es wäre gut, noch ein Kind zu haben, weil ein weiteres Kind doch eine Art Garantie dafür wäre, dass zumindest eines der Kinder bleibt und uns überlebt, auch wenn wir dir keinen Unfall wünschten. Versteh mich nicht falsch.

Sicherlich wollte Vater, dass das zweite Kind ein Sohn würde, weil das erste es nicht war, weil er selbst von Frauen umgeben war und keinen Erben hatte, der seinen Namen und seine Wurzeln bis ans Ende aller Tage tragen würde. Ein Sohn war durch nichts wettzumachen oder zu ersetzen: durch keine Tochter, auch nicht durch eine, die Auto fährt, zu Pferderennen geht, angelt oder mit einem Traktor umgehen kann. Selbst eine Tochter, die einwandfrei Fußball spielt und dieselbe Fußballmannschaft unterstützt wie der Vater, konnte da nicht helfen.

Eine Tochter war an und für sich wertlos, denn eines Tages würde sie fortgehen und sich den Namen ihres Mannes und seine familiären Wurzeln anheften; über ihre würde sie hinweggehen und sie vergessen, wenn in ihren Augen nicht ein Rest Angst zitterte und das Verlangen nach der Bewunderung, die ihr Vater ihr eines Tages vielleicht doch noch schenken würde.

(Ende des ersten Teils des fachlichen Gutachtens)

Der Gottvater, die Jungfraumutter, Blut, Schlamm und die Moral der Priester

Es ist mir keineswegs gelungen, mich einzig auf das Studium der Knochen meiner Mutter und alles, was darin gespeichert war, zu konzentrieren, ohne gleichzeitig damit zu beginnen, den Inhalt der Knochen meines Vaters zu studieren. Es war einfach unmöglich, das eine zu studieren, ohne dass es sofort das Studium des anderen nach sich zöge. Hier war etwas Stärkeres am Werk als das Gesetz der verbundenen Gefäße, als Kanäle tiefer unterirdischer Wasserläufe und Brunnen, die sich an einem unbekannten Punkt verbinden.

Fachliches Gutachten über Vater beziehungsweise über Mutter oder vielmehr ein wenig über beide

So wie Mutter glaubte, ihr Gottvater würde sie jedes Mal bestrafen, wenn sie auch nur daran dachte, etwas Schlechtes zu machen, so glaubte Vater, alles Schlechte, das ihm widerfahre, sei eine Strafe Gottes. Vater und Mutter glaubten, dass Gott straft, also lebten sie ihr ganzes Leben in dieser Gewissheit. Manchmal entspannten sie sich ein wenig, und dann konnten sie über ihre Rahmen hinausgehen.

In diesen Momenten erschienen Mutters und Vaters Seelen so ausgedehnt wie die Weite der russischen Steppe, wie Seelen, die die Welt lieben und verstehen, die tief und humanistisch sind, die frei und ungebunden sein können. Seelen, die lachen und singen, die lieben und wissen, dass sie glücklich und erfüllt sein können und das auch verdienen. Poetische Seelen, die wünschten, Vater wäre Musiker und Mutter Volkstänzerin und Volksliedsängerin.

In ihrer Gottesfurcht und in dem Wunsch, ihre Hausgötter zufriedenzustellen (Mutter ihren Gottvater und Vater seine Mutter, die Jungfrau Maria), erlaubten weder Vater noch Mutter ihren Seelen, vollständig und für immer die Rahmen zu verlassen, in die ihre Hausgötter sie gezwungen hatten. Vielleicht war es gar nicht machbar, aber manchmal flogen ihre Seelen von selbst aus und zeigten sich in ihrer ganzen Pracht und Fülle, nur um fix wieder in ihre Rahmen zurückzufliehen, aus purer Angst, ein Härchen könnte aus dem Rahmen hinausragen und sie allen anderen verraten, vor denen sie sich versteckten, und sie versteckten sich vor allen, weil Gott überall war und alles – aber wirklich *alles* – sah.

Manchmal kämpften ihre Seelen widerwillig gegen die Rahmen, in die andere sie pressten. Vater und Mutter begingen damals Exzesse, für die sie bald bestraft würden. Dem Rahmen musste man sich fügen, den Kopf hatte man unter und vor jedem Rahmen zu beugen – diese Botschaft wurde Vater und Mutter nolens volens beigebracht. All jene, die die Macht hatten, Rahmen aufzuerlegen, hatten Recht, auch wenn die auferlegten Rahmen wahnsinnig, krank und verrückt waren, ganz zum Nachteil der Gesundheit und des gesunden Menschenverstandes, manchmal vielleicht von Vater und Mutter selbst, und dann mussten sie ruhigen Gewissens und Herzens gestehen, dass gerade solche Übeltäter und Verbrecher Recht hatten.

Und nicht nur, dass sie mit blutüberströmten Köpfen von deren Schlägen oder mit von deren Speichel besudelten Gesichtern ihnen absolut Recht geben mussten, sondern dass sie sich auch mit jeder Geste und jeder Handlung begeistert für deren Richtigkeit und alles, wofür sie standen, einsetzten, sich opferten für jede erhabene Idee, die in ihren edlen Schlägen und ihrem Speichel seinen Ausdruck fand.

Eine Stadt auf Antidepressiva

In der kleinen Stadt, aus der Vater und Mutter kamen, nahmen die Menschen Antidepressiva. Alle nahmen unterschiedliche Betäubungsmittel, um alles akzeptieren zu können, was sie akzeptieren mussten, um sich über alles hinwegzusetzen, worüber man sich hinwegsetzen musste, um alles zu vergessen, was sie zu vergessen versuchten, um schließlich gleichgültige und passive Beobachter der Geschichte des allgemeinen Siechtums und des allgemeinen Wahnsinns in einer kleinen, pastoralen Umgebung zu werden.

Es gab verschiedene Männer, angefangen mit denen, die alte Fahrräder fuhren und die weiten Beine ihrer grauen Hosen mit Wäscheklammern befestigten, damit diese sich nicht in den Speichen der Räder verhedderten. Auch im Winter fuhren diese Männer auf ihren rostigen Fahrrädern mit roten Netzsäcken voll Kartoffeln hinten über den Gepäckträgern, während sich der Reif auf ihren Kleidern sammelte.

Manchmal lag auf dem Gepäckträger ein Kunstdüngerplastiksack, gefüllt mit leeren Plastikflaschen, weil viele dieser Männer mit Wäscheklammern an den Hosenbeinen nur überlebten, indem sie mit bloßen Händen den Müll durchwühlten und nach leeren Plastikflaschen suchten, die sie für weniger als eine Kuna pro Stück verkauften. Es gab eine wahre Plage dieser *Goldgräber,* die schon im Morgengrauen vor Sonnenaufgang aus ihren kleinen Backsteinhäusern kamen oder aus Papphäuschen, die mit Plastik, Draht, Teer, Pappe und Styropor umwickelt waren sowie leeren Eierkartons, die immer für gute Isolierung gegen den Lärm und Tumult einer geschäftigen Stadt sorgten.

Manchmal klemmte auf dem Gepäckträger ein kleiner Korb, wie in echten großen Städten auf der ganzen Welt, in dem eine schmuddelige Rübe neben drei welken Kohlblättern umherrollte, die vom Betonboden unter den Marktständen der Kleinstadt aufgelesen worden waren.

Alles drehte sich um Männer auf rostigen Fahrrädern, außerdem war die Stadt voll von denen, die Tag und Nacht sediert in Gebäuden und Wolkenkratzern schliefen, um nicht alles sehen zu müssen, was man unvermeidlich sehen musste, sowie von denen, die hinter Ladentischen und Theken dösten oder auf den unterschiedlichen Ämtern und Behörden, wo unter anderem auf höchster Ebene entschieden wurde, wer für die Begehung von Kriegsverbrechen bestraft und wer auf wundersame Weise bis auf Weiteres von diesen Strafen verschont bleiben würde.

Jeder in der Stadt musste Antidepressiva nehmen, sehr viel und ständig, weil in der jüngeren Vergangenheit dort etwas passiert war, das auf keinen Fall zugegeben werden sollte, denn allein das Geständnis über etwas beängstigend Schreckliches und Unmenschliches in der jüngeren Vergangenheit hätte gewissermaßen als Verrat gegolten.

Deshalb lebten alle jeden Tag, als wäre es nicht passiert, und sie konnten nur so leben, indem sie weiter jeden Tag Antidepressiva nahmen, denn das, was passiert war, war in dieser Stadt so allgegenwärtig, dass es entgegen allen Bestrebungen aus allen Wänden und allen Häusern sickerte, aus allen Parks und Flüssen, aus allen Lagerhäusern und Betonwerken, genauso wie es aus den Körpern und Kleidern der Menschen sickerte, die in der sedierten Stadt lebten, egal wie modern und teuer sie gekleidet waren und was für ungewöhnliche und freisinnige Frisuren sie trugen.

Abgesehen von den Menschen auf Antidepressiva gab es in der Stadt viele streunende Hunde, sogenannte *Köter.* Diese strichen Tag und Nacht durch die Straßen, Gänge, Unterführungen und Haustüren, zogen sich die Flussufer hinunter zurück und trieben in verlassenen Fischerbooten wie blau angelaufene Sphinxe mit durchdringenden, hypnotischen Blicken. Die *Köter* hatten etwas so Bedrohliches an sich, dass niemand es wagte, gegen sie vorzugehen, etwa die Stadtreinigung oder die Hundefänger anzurufen oder die Frage ihrer Ausrottung oder Aussetzung in verstrahlten oder verminten Gebieten aufzuwerfen, wo sie innerhalb von wenigen Tagen krepieren würden.

Wenn sich jemand getraut hätte, die streunenden Hunde zu zählen, hätte er mit Entsetzen festgestellt, dass es Tausende dieser keineswegs lieblich aussehenden Tiere gab. Ihr Fell war dreckig, weil sie durch alle möglichen und unmöglichen, stinkenden und unzugänglichen Räume schlichen, die gewiss seit Jahren kein vorsichtsbedachter menschlicher Fuß betreten hat, stand wörtlich in einem lokalen Jahrbuch, das verschiedenartige wichtige Geschehnisse im Leben dieser Stadt auf Antidepressiva festhielt.

Woher auf einmal so viele *Köter* auf den Straßen der Stadt auf

Antidepressiva kamen, wusste niemand so genau. Es wurde jedoch gemunkelt, dass es mit den Nachwirkungen des Krieges und der Vernichtungen zu tun hatte, mit dem mysteriösen Verschwinden mehrerer hundert Menschen, einfacher Bürger, die während des Krieges vom nächtlichen Sirenengeheul verschluckt worden waren, sowie mit den verwilderten Schweinen, die in den umliegenden Feldern und niedergebrannten Dörfern umherstreiften und seit Jahren Infektionskrankheiten auf diejenigen übertrugen, die sich ihnen aus Unwissenheit oder Leichtsinn näherten.

Es war gut, munkelte man, dass sich die verwilderten Schweine in den umliegenden Dörfern und Feldern zerstreut hatten, weil ihre unersättlichen Mäuler die bereits verwesenden Leichen zerstückelten und verschlangen und so die Spuren möglicher Kriegsverbrechen beseitigten. Die Schweine fraßen nicht nur Verwesendes, sondern auch Knochen, Stoffreste und die Kleider der Leichen, sodass die Gerichtsmediziner leer ausgingen. Sie konnten nur noch feststellen, dass es in den Dörfern und Feldern keine Verbrechen gegeben hatte – die Verbrechen seien eine dreiste Erfindung feindlicher Propaganda.

Was das mit den streunenden Hunden zu tun hatte, die Tag für Tag durch die Straßen der nahegelegenen Stadt strichen, konnte niemand mit Sicherheit sagen, aber auch ohne den Versuch, eine logische Erklärung zu geben, nickten alle bei der Erwähnung dieser Hunde in die Richtung der Dörfer, Felder und Wälder, genauer gesagt der verwilderten Schweine.

Die *Köter* oder streunenden Hunde suchten oft die großen

blechernen Mülltonnen, sogenannte Container, auf, an deren Inhalt sie erst gelangen konnten, wenn sie sie „auf den Kopf stellten". Dies geschah meist nachts, wenn die *Köter* auf Beutezügen waren und es von umstürzenden Containern nur so brummte und krachte, als ob sich der Beschuss und die Sprengungen des Krieges in diesen Geräuschen als Echo fortsetzten; danach zerrten die schmutzigen, stinkenden, heimtückischen Mäuler der Hunde die Müllstücke auf dem Asphalt auseinander auf der Suche nach einer Wurstverpackung, einer geleerten Bohnendose oder verwesender Hühnerleber und Hühnerhirn.

Eines ihrer täglichen Ziele war auch eine Fleisch-, Wurst- und Pastetenfabrik, zu deren offenem Kadaverhaufen sie liefen, um Knochenstücke von Kälbern, Kühen und Schweinen zu zerreißen, und dort lieferten sie sich Kämpfte, gegebenenfalls bis aufs Blut, sodass es die Fabrik auch mit den frischen Leichen der bei diesen Kämpfen umgekommenen Hunde zu tun hatte.

In der Nähe der verminten Dörfer und Gebiete, deren analphabetische Bewohner seit dem Krieg gelernt hatten, Stimmzettel in Wahlurnen zu stecken, aber immer noch in schlammigen Höfen lebten und in stinkenden Scheunen voller Scheiße ihre Kühe molken, entstand das *Zentrum für Frieden und den Kampf gegen den Krieg*, wo einige der grausamsten, effektivsten Henker und Mörder des Krieges neue Ziele verfolgten.

Da der Krieg vor langer Zeit zu Ende gegangen war und es jetzt nicht mehr sinnvoll noch angesagt war, die Tötung verschiedenster unbequemer und unangenehmer Zivilisten anzuordnen, und da unter anderem daran gearbeitet werden sollte, dass alle vergessen, was sie innerlich immer noch mit Stolz erfüllte – aber für einige Personen in hohen Positionen einen Schandfleck darstellte –, verwandelten sich die Kriegsgewinnler, Anstifter und Täter des Krieges über Nacht in Freiwillige der Friedensbewegung.

Es war ein neues *Image* für neue Zeiten, das ein neues Marketing und neue Slogans erforderte, beispielsweise *Toleranz statt Hass und Gewalt,* oder *Respekt für andere und andersartige ist eine Chance für Wachstum und gesellschaftlichen Fortschritt* und dergleichen. Es genügte, auf den fahrenden Zug des sogenannten *Friedensbündnisses* aufzuspringen, das sich weltweit regen Zulaufs erfreute, und jeder Kaiser konnte neue Kleider erhalten, jeder Wolf konnte ins Lammfell kriechen, und diejenigen, die ihn von früher kannten, ließen sich das nicht anmerken.

Trotz allem funktionierte die große Stadtuhr im Zentral-Park einwandfrei, und das träge Klacken ihrer mit 14-karätigem Gold verzierten Zeiger war bis in den nahen Vorort hinein zu hören, ebenso wie das Rauschen des mit einem hecht- oder welsgroßen Goldfisch gekrönten Stadtbrunnens.

Das lag daran, dass die Fischerei zu einer der Hauptbeschäftigungen der Nachkriegszeit in der Stadt geworden war. Angeln war die richtige und beste Therapie für zerrissene Nerven, die durch Betäubungsmittel beruhigt wurden, aber die untätigen Hände brauchten Beschäftigung.

So wurden die Uferböschungen und kleinen Sandbänke von

Tagesanbruch bis in die stockfinstere Nacht scharenweise von Anglern besiedelt, die als seltsame dunkelgrüne Vögel in Armeetarnanzügen mit hohen Fischerstiefeln wie Brunnenstatuen mit der Angelrute in der Hand dastanden, auch wenn der Wasserstand bereits niedrig war.

Obwohl der Fluss durch Chemikalien und Abwässer vergiftet war und die bereits sedierten Bürger verschmutzte Luft einatmeten – denn diese wehte aus altlastigen, geplünderten und abgewickelten Fabriken, die jetzt nur noch als Kulisse für das Verbrennen sattelschlepperweise angekarrten Giftmülls aus den zivilisierten Ländern Europas dienten –, so waren die Fischerei, die Angler und die im Fluss gefangenen Fische doch das Wahrzeichen und der Stolz der kleinen Stadt.

Daher der oben auf dem größten Stadtbrunnen im Zentral-Park zappelnde Goldfisch, direkt neben der für den Stolz und die hart erkämpfte Freiheit der Stadt sinnbildlich aufrechten Kathedrale.

Am Ufer eines der übelriechenden Flüsse der Stadt auf Antidepressiva geangelt – auf eine Papyrusrolle geschrieben und in einer Bierflasche versiegelt

Weil die Menschen alles Große und Majestätische in sich mit Füßen traten, begannen sie auch, sich selbst zu verachten. Es war der Anfang einer großen Verachtung gegen alle und besonders gegen diejenigen, die trotz allem immer noch für Liebe, Wahrheit und Edelmut eintraten.

Das Wichtigste war zu lügen, zu lügen und zu lügen und bei jeder Gelegenheit versteckte Karten im Ärmel zu haben. Niemals das Herz zu öffnen, niemandem, nicht einmal dem Ehepartner. In ständiger Angst vor möglichen Verletzungen zu leben und davor, von jemandem verraten zu werden. Zurückhaltend zu sein und ständig Vorsicht walten zu lassen – ein schäbiger Kater zu sein, der sich mit schmutziger, schmieriger Zunge das Fell leckt und die verängstigte Beute beäugt, die verunsichert um die Ecke lugt.

Der Mensch ist dem Menschen zum Wolf geworden, und vielleicht war er es schon immer. Nur zu Ostern und zu Weihnachten verwandelten sie sich alle einträchtig in menschliche Brüder, aber auch dann richteten sie die Blicke mehr auf ihre Teller als auf ihre Mitbrüder.

Die Menschen betonten stets, das Wichtigste im Leben sei, gesund zu sein, und meistens wünschten sie einander Gesundheit.

Gleichzeitig lebten sie, als wäre ihnen ihre Gesundheit völlig egal, als ob es ihnen eigentlich wichtiger wäre, die eigene Gesundheit so schnell wie möglich zu zerrütten und ruinieren, als hätte es sie nie gegeben. Sie stopften sich mit ungesunder Nahrung und Giften voll, und wenn ihnen etwas weh tat, gingen sie zu den Ärzten, die ihnen großzügig, in unleserlicher und unverständlicher Handschrift, kostenlos oder gegen ein geringes Entgelt, bunte Betäubungsmittel in Form von Tabletten oder Sirup verschrieben. Solche rätselhaften Betäubungsmittel linderten ihre Schmerzen und verdrängten die Symptome, meist bis zum nächsten Auslöser, wenn sich alles wiederholte. Der einzige Unterschied bestand darin, dass die Anzahl und Vielfalt der Tabletten im Laufe der Zeit zunahmen.

Die Menschen begriffen ihren Körper als etwas Unbekanntes und Fremdes, eine Maschine, die in einem bestimmten Lebensalter zwangsläufig gewartet wird, wobei einzelne Teile ausgetauscht werden. Man fand das völlig natürlich – das Herausschneiden von Körperteilen war natürlicher als der Körper selbst, der als unnatürlich oder naturfern empfunden wurde.

Die Erwähnung des Herausschneidens eines Körperteils – als „Operation" bezeichnet – veranlasste Mitmenschen, mit düsteren und mitfühlenden Lauten die Reihen zu schließen und eins zu sein, wie Frauen in einem Friseursalon, die ihre Köpfe unter den Trockenhauben zusammenstecken, um miteinander über eine bitter-süße Neuigkeit – die eheliche Untreue, die schwere Krankheit oder den Tod eines anderen – zu tuscheln.

DRITTES KAPITEL

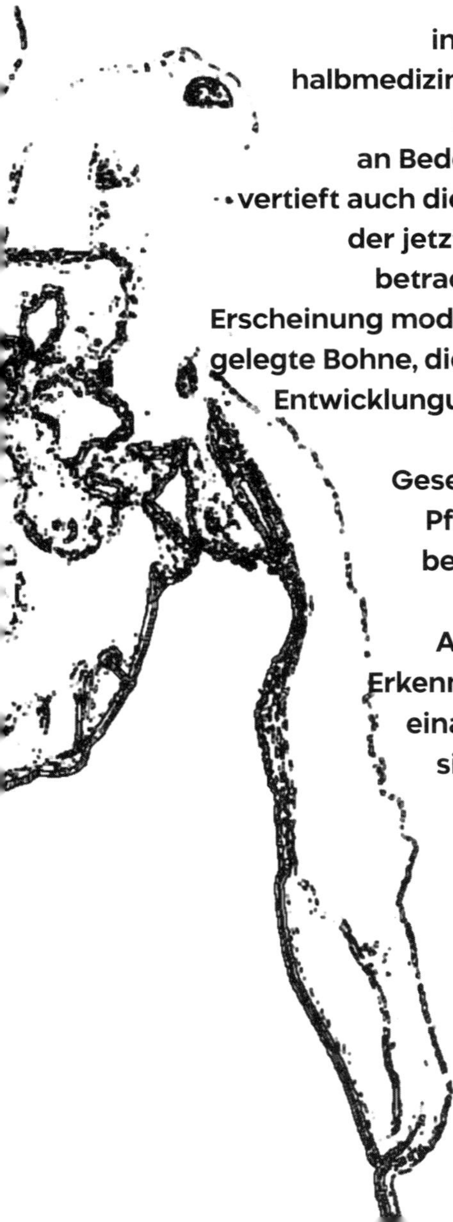

in dem halbwissenschaftliche und halbmedizinische Analysen der allgemeinen Krankheit des Ortes und der Zeit an Bedeutung gewinnen. Dieses Kapitel vertieft auch die Analyse von Mutters Charakter, der jetzt aus einer breiteren Perspektive betrachtet wird, innerhalb der Mutters Erscheinung modellhaft ist wie die in ein Keimglas gelegte Bohne, die dazu dient, die Veränderungen, Entwicklungund Keimung genau zu begleiten und zu ermitteln, d.h. banale Gesetzmäßigkeiten bei einer solchen Pflanze, meiner Mutter oder einem beliebigen Menschen festzustellen.

All dies zielt folglich darauf ab, die Erkenntnis zu erhöhen, dass Menschen einander viel ähnlicher und gleicher sind, als man üblicherweise denkt, und demzufolge wird Mutter als Individuum allmählich weniger wichtig, um in Erwägungen dem Menschen im Allgemeinen den Vorrang einzuräumen.

Das Krankenhaus, ein göttliches Licht und am Ende, fast immer, das Ich

Das Krankenhaus war immer in Reichweite. Aber auch im Krankenhaus wurde es immer enger, und es kam fast einem Sechser im Lotto gleich, an einen Platz zu gelangen, also an ein Bett, auf dessen Kissen ein seelisch verwundeter Mensch seinen Kopf legen konnte.

Es gab so viele seelisch verwundete Menschen, die mit anderen seelisch Verwundeten auf dem Krankenhausgelände spazieren gehen, Eicheln oder zertretene Zigarettenstummel auflesen und sie schnell in die Taschen der Krankenhauskittel stopfen wollten, dass man nun besonders starke Nerven brauchte, um die Wartezeit bis zum Aufnahmetermin im Krankenhaus durchzustehen.

Auch im Krankenhaus war nicht alles Milch und Honig, aber zumindest gab es andere, denen es ähnlich ging und die auch ein Geheimnis in ihrer Brust trugen, worüber sie nicht sprechen wollten, weil sie das Gefühl hatten, sie würden damit zu viele Menschen verletzten, oder es schien ihnen, das Sprechen über Geheimnisse könnte Veränderungen im eigenen Leben bewirken, und für Veränderungen waren sie nicht bereit.

Aus diesem Grund bewahrten sie diese großen und schrecklichen Geheimnisse tief in ihren Herzen auf, wie Geld in versteckten Tresoren, und je mehr Zeit verging, desto mehr schmerzten sie diese Geheimnisse, denn mit der Zeit wuchsen sie immer mehr und quollen auf vor Verlangen zu entweichen. Aber das durfte auf keinen Fall passieren, und die Geheimnisse und die Seele darin schmerzten sie immer mehr, bis hin zum Gefühl, dass sie vor Schmerz, Stummheit und Qual zerplatzen und auf dem Boden eines Abgrunds landen würden, wo es nichts als ewige Nacht und ewigen Schlaf gibt.

Es gibt auch Mittel gegen den ewigen Schlaf. Vielleicht fehlt einfach Eisen im Blut, also fehlt die Kraft, und deshalb möchte man ewig schlafen. Bei Eisenmangel reicht es, abends einen Nagel in einen Apfel zu stecken und am nächsten Tag den Apfel zu essen. So kann dem Blut wieder Eisen zugeführt und verloren geglaubte Kraft wiederhergestellt werden.

Dasselbe gilt für den Verstand, der auch vollständig verloren gehen konnte, und das passierte den Vernünftigsten, gerade weil sie einen Überfluss an Verstand hatten, die sie von Zeit zu Zeit bedrückte, schmerzte und sie schließlich nicht mehr denken ließ, sondern oft nur reden und reden oder vielleicht schweigen, zuschauen und weinen oder ein Pferd in einem Gespann umarmen und mit ihm mitleiden, so wie Friedrich Nietzsche auf einer Straße in Turin Mitleid mit einem Pferd hatte.

Eine Philosophielehrerin und ein Lehrer für Literatur und Geschichte, beispielsweise, die auf dem Krankenhausgelände herumliefen oder mit gekreuzten Beinen neben dem in die Wand des Krankenhausflurs eingelassenen grünen Kamin saßen, wurden von ihrem Verstand gezwungen, ohne Unterlass zu reden und zu reden.

Die anderen Patienten dachten, die Lehrerin und der Lehrer

würden dummes Zeug reden, aber das lag daran, dass sie die Wahrheit sagten. Die Wahrheit wirkte oft wie grober Unsinn, weil sie von fast niemand laut ausgesprochen wurde, also achtete niemand auf sie, außer vielleicht zwei Heizer aus dem Nebenraum in ihren Blaumännern und karierten Schals oder zwei dicke Putzfrauen in laufmaschigen Nylonstrümpfen und hellrosa Schürzen, als sie sich bückten, um Kehrichthäufchen auf ihre Plastikschaufeln zu fegen.

Meistens redeten die Philosophielehrerin und der Lehrer für Literatur und Geschichte mehr oder weniger das gleiche dumme Zeug: Unsinn über Abschusslisten für Zivilisten während des letzten Krieges, der sich erst vor zwanzig Jahren ereignet hatte, und alle taten, als hätten sie nie davon gehört, als hätten sie alles, was sich damals ereignete, vergessen. Die beiden wollten jeden, der auf dem Krankenhausgelände oder am grünen Kamin im Krankenhausflur vorbeiging, davon überzeugen, dass es unmöglich sei, alles zu vergessen, weil sie persönlich sich an einige Menschen erinnerten, die – so wie bei Stalins Säuberungen – über Nacht verschwunden waren. Einige dieser Leute waren ihre Nachbarn gewesen. Mit anderen hatten sie im Lehrerzimmer zusammengesessen, einige der Vermissten waren ihre Schüler.

Sie wollten alle um sich herum von der Wahrhaftigkeit dieser Geschichten überzeugen, aber niemand wollte ihnen zuhören, weil alle mehr oder minder glaubten, die Lehrerin und der Lehrer hätten völlig den Verstand verloren. Einen gelegentlichen Unterhaltungswert gestanden lediglich die beiden Heizer und der Hausmeister diesen Geschichten zu, und auch die dicken Putzfrauen, die den an die Kellertür gelehnten Heizern fröhlich zuzwinkerten, während sie sich über Plastikeimer voll schäumenden Wassers bückten, um Zigarettenstummel und Schlamm aus ihrem schmierig-schmutzigen Lappen auszuspülen.

Die Philosophielehrerin sprach unentwegt davon, wie sich die Geschichte in der kleinen Stadt und der ganzen Gegend wiederholte, weil sich die großen Verbrechen wiederholten, die sich im großen Krieg vor siebzig Jahren ereignet hatten, wobei alle taten, als wären sie nie geschehen, darüber wüssten sie nichts, und das ist bis heute so geblieben. Sie sagte, die Verbrechen würden sich gerade deshalb wiederholen, weil über die vorherigen nicht gesprochen würde, genauso wenig wie über diese neuen. Deshalb sprach sie jetzt über die Verbrechen, die unlängst passiert waren, vor allem, um durch ihr Reden zu verhindern, dass sie sich wiederholten.

Denn wenn wir jetzt nicht laut über diese Verbrechen sprechen, wie ich es hier tue, sagte die Philosophielehrerin, *können Sie sicher sein, dass sie sich wiederholen werden, und zwar viel früher, als Sie denken!* So sprach die Lehrerin, und alle lachten und zwinkerten einander zu, als hätten sie gerade einen saftigen Witz gehört.

Was Mutter anging, so gehörte sie zu den privilegiertesten Patienten im Krankenhaus, weil sie länger bleiben durfte, als gewöhnlich erlaubt war. Denn im Gegensatz zu den anderen Patienten mit der gleichen Krankheit konnte Mutter schlichtweg keine Balance zwischen ihrem persönlichen Tief und ihrem Hoch finden. In einem Augenblick war sie in ihrem Hoch, und darin konnte sie besonders unterhaltsam sein. Sie sprach unaufhörlich, sogar über Dinge, die sie ihr ganzes Leben lang sorgfältig geheim gehalten hatte, wie zum Beispiel, dass Vater sie in seinen Armen durch einen Kanal und über Felder mit junger Gerste, Kohl und Kürbissen trug.

In dieser Erzählung ging Mutter nicht weiter ins Detail, vielleicht weil sie Vaters Scham und Unbehagen spürte. Mit anderen Worten, Mutter in ihrem Hoch hatte keine Scham, so wie sich Betrunkene nicht für Dinge schämen, für die sie sich sonst schämen, also singen sie ungeniert laut oder erzählen enthemmt von Liebe und Zärtlichkeit. Bei Mutter war es genauso.

Außer der Freiheit, über Dinge zu sprechen, über die sie sich sonst nicht zu sprechen traute, war Mutter so frei, besser von sich zu denken, als sie sich normalerweise von sich zu denken traute. In der Tat war es für alle immer noch eine offene Frage: Hielt sich Mutter auch sonst für so großartig oder führte sie ihr Aufenthalt im Hoch so weit hinaus, dass sie sich selbst als lebendes Denkmal betrachtete, das auf wundersame Weise noch immer in Bewegung war?

Abgesehen davon, dass Mutters Sprechapparat außer im Schlaf fast ganzzeitig eingeschaltet und in ungeahntem Ausmaß aktiviert war, verstärkte ihr Aufenthalt im Hoch ihren Sinn für die positiven Seiten des Lebens. So konnte Mutter nichts Schlechtes sehen, und selbst wenn, benahm sie sich wie eine weise Denkerin: Sie verstand und liebte das Schlechte und riet denjenigen, die unter dem Schlechten litten, geduldig zu sein mit Liebe und Verständnis.

In ihrem Hoch auf Betäubungsmitteln gewann Mutter eine sogenannte „göttliche Perspektive“. Sie konnte alles von einer fernen, erhobenen Ebene aus betrachten, ohne niedere Antriebe,

Bosheit und Sarkasmus, ohne Klatsch und Beschwerden. Mutter hatte kein Bedürfnis mehr nach niedrigen menschlichen Gefühlen, nach Negativität und Ängsten. Sie brauchte das alles nicht, denn während ihres Hochs verbannte sie das Böse vollständig. Sie war ruhig und gelassen, voller Liebe und Freude, und es gab in dem Moment kein Ereignis auf Erden, in dem Mutter nicht etwas Gutes erkennen konnte.

Jeder konnte Mutter in gewisser Weise beneiden. Sie erlebte solche Tage, die ein gewöhnlicher Mensch nur einmal oder ein paar wenige Male erlebt – heißt es –, am häufigsten vor dem Tod, wenn alle Grämlichkeit und Beschäftigung mit unwesentlichen Dingen schwinden und die Seele aus allen Nebelschleiern zu einer erhobenen Lichtung emporsteigt, von der aus sie den Quell des Lebens und dessen volle Bedeutung erkennt und auf der sie von göttlicher Liebe und der Anmut ihres sanft strahlenden Glanzes erleuchtet wird.

Mutters Aufenthalt im Hoch hatte jedoch seine dunkle Seite. Hier quoll etwas hervor, worüber weise Philosophen wie Pascal gesprochen haben: *Alle Menschen wollen herrschen.* So trat sowohl Mutters Ich als auch sein Wunsch, über andere zu herrschen, besonders in diesem erhöhten Zustand in den Vordergrund. Ihr so hoch gestelltes Ich entfaltete sich über alles um sie herum, sodass unter diesen Adlerschwingen nichts mehr zu sehen war. Nichts war zu sehen und nichts zu hören außer Mutters einzigartiger Stimme.

Meine Mutter als Exempel menschlicher Allgemeinwahrheiten

Zum Glück gab es noch einige Personen, vor denen Mutter zurückscheute und von denen sie sich ihre Flügel stutzen ließ. Es waren Autoritätspersonen, meist solche in Dienstkleidung. Eine Ärztin in weißem Arztkittel und weißen Clogs, eine Krankenschwester in blauer Hose, ein Polizist in Uniform und ein Feuerwehrmann. Vielleicht wäre Mutter sogar dem Schornsteinfeger gehorsam gewesen?

Angesichts ihrer tiefsitzenden Angst vor ihrem obersten Führer und Gebieter, dem Gottvater-Soldaten, fürchtete sich Mutter ungemein vor allem, was den Mantel der Macht und Herrschaft trug. Angesichts ihrer Angst war Mutter nie erwachsen geworden, denn wäre sie es geworden, hätte sie verstanden, dass Autorität nichts als Theater und Fiktion ist, denn hinter der Verkörperung von Macht stehen nur Ohnmacht und Angst. Sie hätte begriffen, dass es keine Größe hinter dem Bewusstsein des Besitzes gibt, denn Größe liegt nur in der Entledigung und dem Abschied von allem Besitz, von jedem Willen, sich etwas anzueignen, und seien es nur ein paar modrige Kohlköpfe.

Nur wer in sich den Willen zum Besitz ablegte, konnte einen Schritt in Richtung Freiheit und Wachstumspotenzial tun, aber Mutter brachte es nie so weit. Sie verharrte an der frühkindlichen Quelle der Unschuld und Reinheit, wo es zwar triviale Streitereien und kleine kindliche Bosheiten gab sowie den erwähnten Wunsch zu herrschen, ein wenig Neid und Unsicherheit, überlagert von großem Geschwätz, aber das war alles unschuldig und rein im Vergleich zur Welt der Erwachsenen, in der Mutter einen großen Teil ihres Lebens lebte, die sie aber nie kennenlernte. Sie glaubte freilich, sie selbst sei sehr wohl erwachsen und „verstünde das Leben", daher war Mutter wie die meisten unreifen Erwachsenen, die ihr Leben der Erfüllung fremder Erwartungen unterordneten – meist denjenigen autoritärer Familienmitglieder –, geneigt, „Vorträge zu halten".

Mutter glaubte oder wollte andere und sich selbst davon überzeugen, sie sei wirklich reif. Das Leben in seiner vollen Reife sei durch sie hindurchgegangen und habe Spuren hinterlassen, die sie als Erwachsene bereit sei zu deuten, und so las sie anderen ständig die Leviten und betete Litaneien herunter, ja selbst ihre Vorgesetzten kriegten ihr Fett weg. So bekam jeder seine Lebenslektion und das, was ihm gebührte.

Mutter erteilte ständig ihre Lebenslektionen, und zwar gratis, aber diejenigen, für deren Ohren die Belehrungen bestimmt waren, kamen im Gegenzug nie auf sie zu, um ihr für ihre Bemühungen zu danken und ihr eine Plakette für Reife und Erwachsensein zu überreichen – eine Auszeichnung mit dem Vermerk, sie sei jetzt frei, das zu tun, was sie nur wolle, könne die volle Verantwortung für die eigenen Handlungen und Lebensentscheidungen übernehmen, völlig unabhängig von anderen.

Da ihre eigene oberste Autorität das zu Lebzeiten auch nicht gemacht hatte, tat Mutter das, was sie ihr ganzes Leben lang zu tun pflegte, nur jetzt viel intensiver, weil sie in ihrem Hoch war. Wie eine Lokomotive setzte sie ihre Fahrt auf derselben „Schiene" fort, ohne Unterbrechung und Befreiung von der Schiene, weil es für sie keinen anderen Weg gab.

Daher konnte Mutter auch mit Hilfe von Medikamenten kein Gleichgewicht herstellen, weil sie nie ausgeglichen und „sie selbst" gewesen war. Sie war die Tochter ihres Vaters, dem sie ihr ganzes Leben lang hingebungsvoll diente, und bemühte sich, seine Anerkennung oder zumindest sein Lob zu verdienen. Wie konnte sie bei Krankheit „sie selbst" sein, wenn sie es bei Gesundheit nie war?

Das Beste, was Mutter in der Krankheit passieren konnte, war, in Begeisterung zu schwelgen, nicht für sich selbst oder für sich als Vatertöchterchen, sondern für Gott, wie sie ihn sich vorstellte, und für die Engel. Mutter liebte ihren imaginären Gott und ging in die Kirche, weil sie dort etwas von der Atmosphäre vorfand, die sie jetzt in ihrer Seele und ihren Gedanken besaß. Die Reinheit von allem Bösen.

Außerdem wurden in der Kirche Lieder gesungen, woran sich selbstverständlich auch Mutter beteiligte, und beim Singen gelangte sie geradewegs bis zur Himmelspforte, woraufhin sie langsam – oder plötzlich – unsanft auf den harten Boden der Wirklichkeit zurückfiel.

Ein verwunschenes Schloss, eine Villa und die Geduld der geretteten Flocken

In Wirklichkeit wartete das Krankenhaus auf Mutter, und sie hielt sich dort immer wieder auf. Es war ein wunderschönes Krankenhaus, das überhaupt nicht wie ein Krankenhaus aussah, sondern eher wie ein magisches Märchenschloss. Alles in diesem Schlosskrankenhaus war magisch: der Schornstein, das Dach, die Fenster, die Veranda und die kleine Treppe vor der Eingangstür. Die Flure und gekachelten Kamine waren magisch, die Blechspinde, in denen die Kleider der Patienten aufbewahrt wurden, ebenso die Spindschlüssel, welche die verwunschenen Menschen, die ins Schlosskrankenhaus zum Wohnen kamen, an einem Strick ums Handgelenk trugen.

Rund um das verwunschene Schloss gab es weitere Schlösser, die verstreut auf kleinen Hügeln im Wald lagen. Der Wald war teils sommergrün, teils immergrün, sodass zu jeder Jahreszeit Bäume Blätter oder feine grüne Nadeln trugen. Im Winter fiel im Wald viel Schnee, und darüber lief Mutter mit grüner Mütze, roten Handschuhen und brauner Jacke, deren von künstlichem Eichhörnchenfell umrandete Kapuze an ihrem Rücken herabhing.

Mutter ging meist zu Fuß zur Sonntagsmesse in die Kirche oder zur Beschäftigungstherapie, wo sie flauschige Daunen in Kissen füllte. Sie nannte die Daunen „Flocken“. *Heute haben wir wieder Flocken eingefüllt,* sagte sie, *weißt du, diese Schneeflocken …*

Wenn es schneite und auch wenn es keinen Schnee gab, hatte es Mutter mit Flocken zu tun. Sie waren ihr natürliches Element, denn Mutter war auch Wasser, ebenso wie die Schneeflocken – und zwar solches Wasser, das ständig fließt und dessen inneres Rauschen aus fernen Tiefen zu hören ist und Veränderungen ankündigt, die bald eintreten und alles umkehren werden. Absolut alles.

Doch davor musste noch Zeit vergehen. Wieviel Zeit vergehen musste und wieviel vergehen muss, bis etwas Gewolltes passiert, kann man nicht wissen. Was ein Mensch wissen muss und wessen er sich zur Erlangung der Seelenruhe sicher sein soll, ist, dass diese Zeit unweigerlich kommen wird, wenn er sie nicht selbst vorzeitig mit Gewalt herbeizurufen gedenkt. Wenn er die Zeit beschleunigt, schadet er sich selbst und anderen um sich herum, denn das Beschleunigen stört die Harmonie.

Eine Szene aus der Zeit, bevor das Serum des Hasses in den Tee geschüttet wurde

Eines Tages, als eine Dorfhochzeit stattfand, regnete es. Ich hatte einen kleinen Regenschirm mit Bildern von tropischen Tieren. Darauf gab es einen Löwen, eine Giraffe, ein Zebra, einen Elefanten, einen Tiger und einen kleinen Affen, der an einem Ast hing – alles Geschöpfe aus Afrika. Das Ambiente war lieblich und trübe, rückständig und schlammig, aber nicht bedrohlich. Niemand dachte auch nur im Traum an Waffen, außer vielleicht, um einen Freudenschuss in die Luft abzugeben, wenn die Braut in weißen Pumps aus dem grauen würfelförmigen Häuschen in den schlammigen Hof trat. Aber nicht mal damals, nicht mal damals gab es einen Grund für echte Pistolen, und Gewehre brauchte man höchstens wegen der Vögel – Schrotflinten gegen die dicklichen Spatzen und durchgeknallten Stare aus dem Obstgarten, die sich am Mais vom Dachboden nicht satt picken konnten.

Aber das war lange her, als noch niemand das giftige Serum des Hasses in den Tee geschüttet hatte. Der Hass breitete sich erst viel später aus, als die gut gepflegte Illusion zerbrach. Und dann brach die Hölle los, mit all ihren Ringen des Bösen. Einige wurden zu Mördern, andere wurden ermordet. Einige überlebten und trugen eine Angst in sich, groß wie das Auge eines toten, starren Elefanten.

Das Schicksal eines Menschen – weshalb es unmöglich ist, ohne Ideologien zu leben (Entwurf)

In den Augen der anderen wurden Mutter und Vater zu Armeen des Gegners. Die Augen der anderen betrachteten sie aus diesem ideologischen Blickwinkel, denn die meisten eigneten sich diese Sichtweise aus Angst an, sonst der Schwäche mangelnder Verachtung und mangelnden Hasses beschuldigt zu werden. Jetzt, wo die eine Illusion zerstört war, verschrieben sich alle Hals über Kopf der nächsten Illusion, nämlich der des reinen Ursprungs von Blut und Boden. Am gruseligsten war für alle die Vorstellung, ohne Illusionen gegenüber dem eigenen Ich leben zu müssen, denn niemand kannte sein eigenes Ich oder wagte es, sein Ich ohne Illusionen, Märchen und Mythen kennenzulernen.

In diesen Mythen lebten Helden einer ruhmreichen Vergangenheit, sündenfreie Vorfahren mit reinen Wurzeln, Urahninnen und urzeitliche Hünen mit breiten Schultern und großen knochigen Fingern, deren Atem Berge zum Einstürzen bringen konnte und deren kehlige Stimmen jetzt innerhalb der neu geschaffenen Staatsgrenzen erschallten und von Felsen und Bergen über das Flachland und das Meer hallten wie die *Zaum*-Klangsymbolik eines tibetischen Gebets zur Vertreibung böser Geister.

Diesen Mythen nach konnte es für Mutter keinen Platz innerhalb der neu geschaffenen Grenzen und Ideologien geben, weil ihre Wurzeln zu verzweigt und kohlkopfhaft waren. Es klebte viel

Schlamm daran, und sicherlich gab es auch Fäulnis und Würmer. Niemand hätte solche Wurzeln haben wollen, nicht einmal Mutter selbst, aber sie konnte nichts dagegen tun. Gegen die eigenen Wurzeln war nichts zu machen, wenn sie nicht so waren, wie sie sein sollten; am besten hätte man sich tief in die Erde graben und mit ihnen verrotten sollen.

Also begrub sich Mutter und schlief einen Winterschlaf, verwunschen wie Dornröschen, volle zehn Jahre lang.

Und als sie eines Tages nach zehn Jahren Schlaf aufwachte, konnte sie unmöglich alles nachholen, was sie verschlafen hatte. Sie wollte jeden sehen, den sie all die Jahre nicht gesehen hatte. Sie wollte ihnen alles erzählen, was sie während dieser Zeit geträumt und woran sie sich in ihrem Traum erinnert hatte. Sie brauchte jemanden, der ihr einen Verdienstorden an die Brust heftete, weil sie dachte, sie hätte ihn verdient, nachdem sie einen so langen verwunschenen Schlaf geschlafen hatte.

Sie ehrte sich mit Lobsalven für ihr langes Aushalten und dafür, dass sie nicht Hand an sich gelegt hatte, womit sie ihre Familie vor der ewigen Schande bewahrte, mit der sie gezeichnet worden wäre. Das waren ihre Worte. Sie redete unaufhörlich, weil sie die ganze Leere, die sich während der langen Zeit in ihr und um sie herum verbreitet hatte, mit Worten ausfüllen wollte. Sie dachte, beständiges Reden würde sie vor der Gefahr eines Rückfalls in die Leere der Traurigkeit, Lethargie, Starre und des Schlafs bewahren, in der sie gefangen gewesen war. Ihr unaufhörliches Sprechen war das Schwert, mit dem sie die großen, dicken, stacheligen Äste der Angst brach, die um sie herum bedrohlich wucherten.

Nach so langer Traurigkeit wollte Mutter nun ständig fröhlich sein. Sie wollte jeden Tag Geburtstag haben, Geschenke bekommen, wollte, dass alle, die sie kannte, zum Gratulieren anriefen, auf ihren Namen anstießen und ihr große Blumensträuße überreichten, riesige Gebinde, die ihr ganzes Gesicht bedeckten, auf dem alles – bis auf die Zähne – noch an Ort und Stelle war.

Sie wollte jeden Tag Fleisch statt magerem Eintopf zu Mittag essen, einen Kuchen zum Nachtisch haben und abends statt einer Tasse Tee ohne Zitrone einen Smoothie aus zwei großen gelben Bananen trinken – und diesen auf einen Zug leeren. Sie wollte Teig kneten und Kuchen backen, um allen Zweiflern zu zeigen, dass sie gesund und leistungsfähig war. Sie wollte mit allen Kräften wieder Mutter, Haus- und Ehefrau sein.

Freilich konnte sie nicht mehr so vollkommen sein wie vor der großen Krankheit. Jetzt war es, als hätte ein dünnes graubraunes Häutchen ihre Augen überzogen und die Dinge um sie herum ein wenig eingetrübt, hier und da beschmuddelt. Gleichzeitig waren die Dinge manchmal ein wenig geknittert, zerfetzt oder unrein. Wegen des Häutchens, das ihre Augen überdeckte, bemerkte es Mutter jedenfalls nicht, und ihr erschien alles, was sie tat und wovon sie umgeben war, vollkommen, ohne einen einzigen Fehler oder eine Schwäche. So sah sie all die nahen Dinge, die sie umgaben, aber auch die Menschen – angefangen mit sich selbst.

Es war ein neues, positives Licht, das sie verbreitete, und es war insofern spezifisch, als es keine Nuancen kannte.

Gleichzeitig zehrte Mutter von dem Mitleid, das sie bei anderen erregte. Ständig unternahm sie alles, um in anderen die gleichen inneren Saiten in Bewegung zu setzen, deren Schwingungen ihr sagten, dass sie Mitleid und Mitgefühl für sie empfanden, dass sie ihr schweres Schicksal bedauern müssten. Das war nicht schwierig, da es sich bei allen um identische Saiten handelte, die von identischen Worten in Schwingungen versetzt werden konnten. Im Gespräch mit ganz unterschiedlichen Menschen sprach Mutter vollkommen identische Worte, und ganz unterschiedliche Menschen nahmen ihre identischen Worte auf völlig identische Weise auf. Das hätte ein ganz einfacher Beweis dafür sein können, dass der Mensch eine gewöhnliche Maschine ist: In höchst unterschiedlichen Menschen gibt es völlig identische Hebel, die sich unter völlig identischen Umständen bewegen und dadurch völlig identische Reaktionen hervorrufen.

Mutter wählte ihre Worte so, dass sie von einem ungewaschenen Hirten von der Weide, der nie lesen und schreiben gelernt hatte, und von einem Herrn Anwalt aus dem Gerichtssaal im weißen Hemd und mit vergoldeter Armbanduhr genauso aufgenommen werden konnten. Mutter hatte das Talent, ihre Worte so zu formen wie Naturvölker ihre Tonfiguren formten – dickleibige Frauen mit hängenden Brüsten und mürrisch dreinblickende Büffel mit spitzen Hörnern. Ihre Worte waren daher jedem verständlich, und jeder konnte sich in ihnen betrachten, denn sie waren wie bunt gerahmte Spiegel und warfen demjenigen, der ein Spiegelbild seines Charakters darin suchte, ein dezent geschmücktes Bild zurück.

In dem Sinne waren ihre Worte eher wie die Sonne, die für alle selbstverständlich war und jeden ohne Unterschied mit ihrer Wärme nährte.

Aber generell konnten die Menschen einen anderen nicht betrachten, ohne darauf zu achten, wie viel Geld er hatte, was er für ein Auto fuhr und welche Schule er abgeschlossen hatte. Die meisten Menschen konnten einen anderen nicht sehen, ohne unzählige ähnliche Faktoren zu berücksichtigen, nach denen sich frühere Menschen einander beschaut hatten und nach denen sie sich getroffen, bewertet und sich gegenseitig die Mädchen oder Frauen entführt hatten. Alles drehte sich um diese einfachen Bilder und Fragen, die ständig und von allen eine Bestätigung ihrer „Normalität" und Angepasstheit an das allgemeine Muster forderten, das in der Wirklichkeit nirgends physisch existierte, doch dafür allgegenwärtig war und fast alle lebenden Individuen vereinnahmte.

Das Mitleid, das Mutter von anderen erhielt, schuf in ihr das Gefühl, von anderen geliebt zu werden und gleichzeitig aufgrund ihres schwierigen Schicksals außergewöhnlich und großartig zu sein. Es verlieh ihr ein Gefühl der Macht, mit dem sie energisch unter die Menschen humpelte, von denen einige vielleicht dachten, sie müsste sich für ihre Krankheit schämen sowie für die feinen Nuancen, die sie nicht mehr wahrnahm, die aber die Regeln des guten Benimms ausmachten.

In ihren eigenen Augen war Mutter eine der Verdienstvollsten und Vorbildlichsten, was nicht im Geringsten ungewöhnlich war, denn man könnte annehmen, dass fast jeder oder zumindest jeder Zweite das von sich dachte, aber – anders als Mutter, die die Regeln des guten Benimms nicht mehr beherrschte – seine Einschätzung sorgfältig verbarg.

Mutter hingegen neigte inzwischen dazu, öfter darauf hinzuweisen, doch das bedeutete nicht, dass sie wirklich davon überzeugt war. Es war vielleicht eher so, dass sie daran glauben wollte, und ob sie das wirklich über sich dachte, ist nicht bekannt; es könnte bezweifelt werden, ob sie das wirklich dachte. Es war wohl auf jeden Fall so, dass sie wie Tausende und Abertausende andere darin bestätigt werden wollte, und das Reden über ihre eigenen Verdienste machte es möglich, diese Bestätigung von ihren Zuhörern zu bekommen.

Auch einige andere Anstandsregeln brachte Mutter durcheinander. Seit sie einmal von Angesicht zu Angesicht dem Tod gegenüberstanden war, hatte sie sich von der Existenz Gottes überzeugt und war religiös geworden. Bei ihren Besuchen in der Kirche erkannte Mutter, dass alle Menschen Brüder sind, und so hatte sie die Angewohnheit, auf Fremde zuzugehen, weil sie sie korrekterweise nicht als Fremde wahrnahm, sondern als verwandte Seelen und in gewisser Weise als identisch. In diesem Sinne schuf Mutter einen Präzedenzfall und konnte fast als Unruhestifterin bezeichnet werden, aber eine Unruhestifterin im positiven Sinne, so wie die Dinge standen, weil es den meisten Menschen gefiel, dass Mutter geschwisterlich auf sie zukam und sie mit freundlichen Worten und guten Wünschen ansprach.

Ich kehre zu Mutter zurück: Gute Menschen und böse Menschen – laut dem kroatischen Renaissancedramatiker Marin Držić und meiner Mutter

Mutters Erfahrung nach gab es nur zwei Arten von Menschen: diejenigen, die nach der Wahrheit lebten, und diejenigen, die in der Lüge lebten. Nach der Wahrheit hatten Jesus Christus, einige Heilige wie Johannes der Täufer und die seligste Jungfrau Maria gelebt. Einige weitere mochten nach der Wahrheit gelebt haben, aber es ist schwierig, sich an sie zu erinnern. Mutter glaubte jedoch, dass es viele Menschen gab, die nach der Wahrheit lebten, deren Namen und Gesichter sie aber nicht kannte. Sie wollte glauben, sie selbst wäre auch eine derer, die nach der Wahrheit zu leben trachteten, was bedeutete, dass sie sehr oft, manchmal unwissentlich zur Lüge hingezogen war, doch dann versuchte sie, mit Händen und Füßen so tief wie möglich in ihrem Gewissen zu wühlen, um die Wahrheit wiederzufinden und zu deren leuchtender Lichtung zurückzukehren.

Nach der Wahrheit zu leben, bedeutete Glückseligkeit und Frieden, ein leichtes Schimmern der sonnenbeschienenen Wasseroberfläche.

Nach der Wahrheit zu leben, bedeutete Reinheit und Liebe, die sich bedingungslos und endlos auf alle erstreckte – auch auf diejenigen, die meinten, sie hätten es nicht verdient.

Nach der Wahrheit zu leben, bedeutete vollkommenes inneres

Glück und Erfüllung, die Abwesenheit aller Wünsche und Bestrebungen.

Nach der Wahrheit zu leben, bedeutete, sich jedes Augenblicks und jeder Schwingung der eingeatmeten Luft voll bewusst zu werden, es bedeutete, das Zwitschern der Vögel wirklich mit voller Freude als Fest und Symphonie erleben zu können.

Nach der Wahrheit zu leben, bedeutete eine Feier des Lebens, die Fähigkeit, es in allen Poren und Bestandteilen seines Wesens zu spüren.

Nach der Wahrheit zu leben, bedeutete die Essenz der Freude, die sich verbreitet und vermehrt, das Gute an sich, für alle.

Der Mensch konnte nur dann nach der Wahrheit leben, wenn er sich für die Wahrheit vollständig öffnete, wenn er sich unaufhörlich hinterfragte und reinigte – wie ein Haus und seine abgelegenen Ecken gereinigt werden – und so den Bau dunkler Tunnel in der eigenen Seele und die Errichtung von Mauern um sein eigenes Wesen verhinderte. Keine Mauern oder Tunnel, gegen wen auch immer, konnten den Menschen jemals zur hellen Lichtung der Wahrheit führen.

Die lichte Reinheit der Wahrheit konnte aber nicht ewig aufrechterhalten werden, denn es gab Menschen, die in der Lüge lebten, und das waren ungeheuer viele mehr. Solche Menschen versuchten, sich und andere davon zu überzeugen, dass das, was sie lebten, die Wahrheit sei.

Wenn sie aber wirklich nach der Wahrheit lebten, hätten sie niemanden von irgendetwas überzeugen müssen – das Licht der Wahrheit an sich wäre ihnen für Frieden und Erfüllung ausreichend gewesen, auch wenn niemand außer ihnen selbst daran glaubte.

Da sie in der Lüge lebten, ohne es sich eingestehen zu wollen – nur weil sie Angst hatten, was passieren würde, wenn sie nach der Wahrheit lebten, was sie alles aufgeben und worauf sie alles verzichten müssten –, verspürten sie das Bedürfnis, ständig und überall zu beweisen und zu zeigen, dass sie nach der Wahrheit lebten. Aus diesem Grund waren sie ständig verletzt, weil sie dachten, jemand könnte ihr Leben nach der Wahrheit bezweifeln, obwohl sie selbst am meisten daran zweifelten.

Sie waren verletzt und wütend, und innerlich verurteilten sie unaufhörlich alle anderen, was eigentlich bedeutete, dass sie sich selbst unaufhörlich verurteilten. Ständig fanden sie Schwächen und Makel bei anderen und kritisierten sie innerlich, was eigentlich bedeutete, dass sie unaufhörlich eigene Schwächen und Makel fanden und unaufhörlich sich selbst kritisierten.

Und das alles nur, weil sie in der Lüge lebten, und sie lebten darin, weil sie Angst hatten, nach der Wahrheit zu leben. Aus Angst vor der Begegnung mit der reinen Wahrheit errichteten sie ständig Mauern in sich, und das führte sie dazu, in der Lüge zu leben, denn die Lüge war nichts anderes als ein Anhäufen ungelöster Ängste, die man für nicht existent hielt.

Jede ungelöste Angst im Menschen war eine große Lüge und eine riesige Mauer, und hier konnte es kein Leben in der Sonne geben, denn die Sonne konnte nicht die Finsternis und Mauern durchdringen. Für ihr Einstrahlen erforderte sie völlige Durchlässigkeit und Offenheit – so wie ein Blatt ihren Strahl empfängt, so nimmt der Mensch ihr Licht mit all seiner besänftigenden, erhabenen, wahrhaftigen Freude auf.

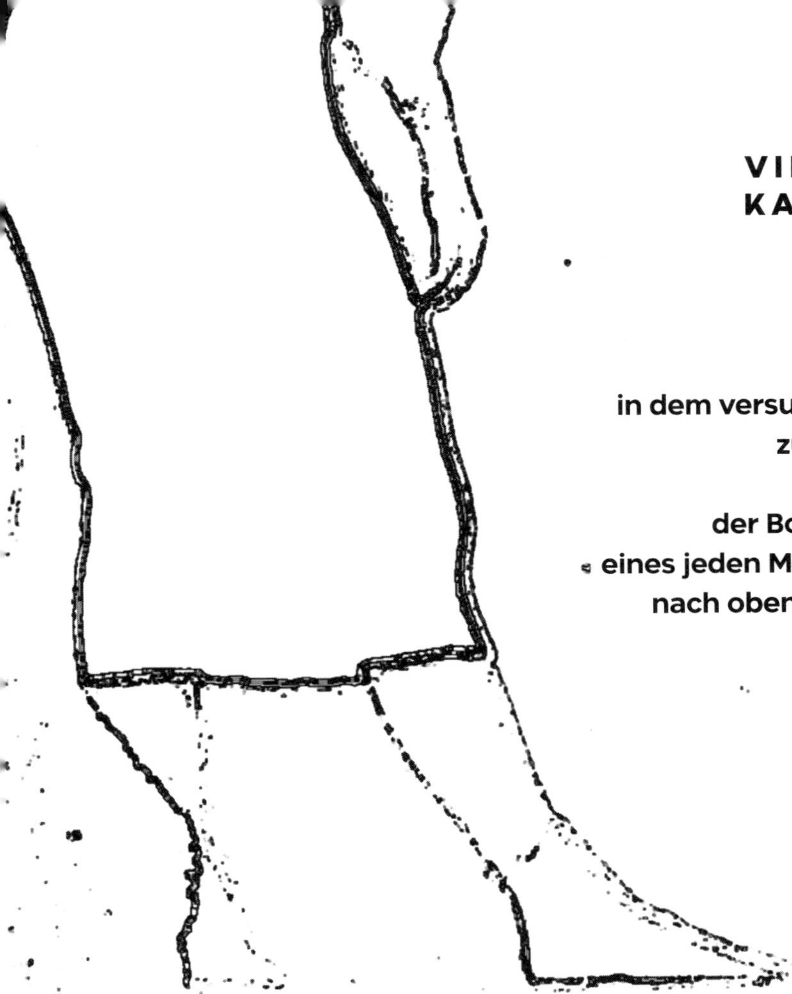

VIERTES KAPITEL

in dem versucht wird
zu zeigen,
warum
der Bodensatz
eines jeden Menschen
nach oben gelangt

Nirgends gab es noch Langsamkeit, außer vielleicht in Klöstern und anderen Häusern des Geistes, aber dort gab es auch keine Freiheit. Überall bemühten sich alle, sich zu beschleunigen, denn wer flott war und seine Aufgaben so schnell verrichtete, als würde er jeden Moment wegen der Beschleunigung auseinanderfallen, wer effizient und vorbildlich war – der verdiente es, vom Chef bezahlt zu werden. Alles, was man tun musste, war wie im Stechschritt bei einem Defilee zu marschieren, mit den Fingern auf die Tastatur zu hauen, als wollte man mit jedem Schlag einen Buchstaben für immer kaputt machen, frenetisch Rechnungen auszustellen, Rezepte zu schreiben und sie so emsig abzustempeln, bis der Arm in Gefahr lief, aus der Schulter zu springen.

Die Welt war zu einer durchorganisierten Kaserne geworden, in der sich zwar auch gewisse Deserteure, Drogen-, Waffen-, Menschen- und Organschmuggler bewegten, aber auch in diesen Kreisen herrschten Regeln. Überall verschwand die Spontaneität, denn alles war im Begriff, die Vorhersage aus futuristischen Romanen zu erfüllen, wonach die Menschen eines Tages zu Robotern würden. Und dieser Tag kam. Unmerklich.

Die große Ersparnis bestand darin, kein großes Geld für die Herstellung echter Roboter ausgeben zu müssen, da die menschliche Art eine gute Anpassungsfähigkeit an das universelle Ideal eines „Roboters“ zeigte, welcher nicht nur ein mechanischer Mensch mit starrem Körper und ohne Seele war, der nicht nur effektiv, präzise und effizient wie der beste Roboter funktionierte – vorausgesetzt, er war gut –, sondern im Wesentlichen das, was man mit einem Roboter bekommt: ein Sklave.

Es gab keine freien Menschen, denn alle lebten nach dem Diktat, das von großen Bildschirmen, Leuchtschildern, Displays, Überwachungskameras, Geräten zum Gedankenlesen, Fernseh- und Radioempfängern sowie von Computer- und Zeitungsseiten überallhin übertragen wurde. Niemand war frei, alle saßen in der Falle, auch diejenigen, die es nicht wollten. Freiheit gab es nirgends, weil die Köpfe von klein auf fleißig einer Gehirnwäsche wie aus Wasserwerfern unterzogen worden waren, einer nach dem anderen. Alles war genauso wie bei Orwell, aber vielleicht hundertmal schlimmer.

Die Wahrheit zu hassen, bedeutet, sie zu lieben und so weiter

Es gab Menschen, die gut waren, aber sich denen, in denen das Böse vorherrschte, nicht widersetzen wollten, oder vielleicht fehlte ihnen die Kraft dazu, also buckelten sie vor ihnen und täuschten vor, in einer solchen Situation glücklich zu sein. Da sie die Worte und Gedanken der anderen stets wiederholten, obwohl sie selbst im Innersten ganz anders dachten, ähnelten diese Menschen im Laufe der Zeit nach außen und innen immer mehr ihren Diktatoren, deren Gedanken in sie einschnitten, weil sie so oft ausgesprochen wurden, sodass es auch ihnen schließlich erschien, als gäbe es keine besseren oder wahreren Worte und Gedanken.

Ohne es zu wissen, unterstützten sie die Lüge in der Welt. Sie waren ein wichtiger Hebel in der Aufrechterhaltung der Lüge, ihre ersten Diener und demütigen Vollstrecker. Aus Liebe zu ihren Herren hassten sie die Wahrheit, was bedeutet, dass sie sie eigentlich liebten und sich nach ihr sehnten, bloß willigten sie aus Liebe zu ihren Herren ein, selbst die kleinste Flamme der Wahrheit in sich auszulöschen. Sie lebten so, wie ihre Herren in Wort und Tat von ihnen forderten, denn ihre Herren waren die Verkörperung der geschlossenen Kanäle der Liebe, nach der sie sich so sehr sehnten und die sie so sehr hassten respektive liebten.

Da Familien über wesentliche Dinge nie sprachen und da Gefühle, besonders schöne, beinahe nie oder nur sehr zurückhaltend gezeigt wurden – als ob Liebe, Glück und Zufriedenheit etwas ganz

Sündhaftes wären –, erkrankten die meisten Menschen in einem bestimmten Alter. Die Krankheit diente ihnen als Tarnung, als Vorwand, um auf sich aufmerksam zu machen, zumal sie Liebesbeweise von denjenigen um sich herum suchten, die sie am meisten liebten; nur zeigten sie es nach den allgemeinen Regeln des kultivierten Verhaltens nie, und in der Zwischenzeit vergaßen sie, dass es wirklich so war.

Solche Gedanken kamen mir oft, wenn ich zum Konsum ging. Konsum war ein großer Supermarkt, in dem man alle möglichen Lebensmittel kaufen konnte, vom Brot bis zum Brathähnchen. Fast jeden Tag ging ich zum Konsum, um dort, wie in einem Fitnessstudio, Liebe und Gemütsruhe zu trainieren. Das war eine besonders anspruchsvolle Übung für mich, denn jedes Mal, wenn ich im Konsum war, machte mich etwas wütend und nervös. Manchmal ärgerte ich mich über andere Kunden, die so taten, als würden sie niemanden in ihrer Nähe sehen. Sie achteten nicht darauf, ob jemand vor ihnen stand und sie diesen mit dem Ellbogen oder ihrem Einkaufskorb stoßen könnten, und selbst wenn es dazu kam, entschuldigten sie sich nicht, sondern drängelten in ihrem Einkaufswahn weiter, als wären sie allein auf dieser Welt.

Ein anderes Mal ärgerten mich die Verkäuferinnen, weil sie bei der Kundenbedienung stets piekfeine Damen in glänzenden Seidenjacken mit strohblond gefärbten Haaren und leuchtendem knallrotem Lippenstift bevorzugten.

Oder ich ärgerte mich im Konsum über den Gestank des ranzigen Öls, in dem die Verkäuferinnen in der Abteilung für „Frischkost“

Hähnchen, Würstchen und Sauerkraut sowie dicke Fettkartoffeln und Schweineschulter brieten und dieses Angebot zugleich *gesundes Essen* nannten.

Wegen des stinkenden Öls, des alten Fleischs und Sauerkrauts im Konsum musste ich oft gegen Übelkeit ankämpfen, also hatte ich, von solchen Umständen umgeben, die ideale Grundlage, um Gelassenheit und Liebe zu trainieren, besonders wenn man berücksichtigt, dass es im Konsum keine frische Luft gab, dass die Musik aus den Lautsprechern nur so dröhnte und die Beleuchtung zu grell war, was zusammengenommen zweifellos Kopfschmerzen auslösen konnte.

Der Konsum war ein ideales Feld zum Trainieren verschiedener spiritueller Disziplinen, und wenn es mir nicht reichte, ging ich ins Kaufland, das viel größer als der Konsum war, um auf mehreren Sportplätzen und Turnmatten gleichzeitig trainieren zu können.

In solche Menagerien zu gehen, die von menschlichen Bestien – wie auch ich eine bin – bevölkert waren, gab mir Gelegenheit zu reflektieren und die unterschiedlichsten Gedanken durch die Gehirnhälften hin- und her zu übertragen, so wie ein Tonband von links nach rechts oder von rechts nach links gespult wird. Dadurch hatte ich die Gelegenheit, vieles zurückspulen und neu ordnen zu können, sodass ich immer das Gefühl haben konnte, noch am Anfang zu stehen und alles erst noch erleben und lernen zu müssen, was größtenteils auch stimmte.

Besonders schön war es, mit vollen Taschen aus dem Konsum

oder Kaufland zurückzukommen und mit dem Einkauf in den fünften Stock hochzusteigen, weil das mir die Gelegenheit gab, noch einmal über alles gut und gründlich nachzudenken, wonach ich endlich *die Seele baumeln lassen* konnte oder eigentlich nur das *Gehirn ausschalten* respektive meinem beklemmten, verängstigten Herzen die Gelegenheit geben konnte, das Seine zu sagen; das war das Ziel solcher Trainingseinheiten, die mich am Ende, hätte ich mit meiner Absicht Erfolg, zum Guten und Erhabenen gewendet hätten. Aber auf diesem Podest aus Sonne und Licht, getragen von den Tagesströmungen meines eigenen Lebensflusses, konnte ich nicht lange bleiben. Es kamen neue Wellen mit neuen Ungerechtigkeiten und Schwierigkeiten, mit denen ich nichts Vernünftigeres anzustellen wusste, als sie aufzuschreiben und auf diese Weise, dachte ich, sie endgültig *loszuwerden,* was eigentlich Selbstbetrug war, weil die aufgeschriebenen Gedanken nach Verantwortung riefen und nach der Verpflichtung, sich ihnen zu stellen.

Wie die Kirche und der Klerus auf die Formung des menschlichen Charakters und die Entwicklung der ganzen Persönlichkeit einwirken

Inzwischen ebbte Mutters großes Hoch ab und sie erlebte einen erneuten Wandel. Jetzt wurde sie zu so etwas wie einem Dorfnarren. Ihre Zeit verging mit Pilgern zu allen Häusern im Dorf, wo sie die Idee des Friedens und des Guten verbreitete, so wie sie sie selbst sah und selbst erlebte, da sie über die in sich verborgene Wahrheit schwieg. Ihre Vorstellung von Frieden und vom Guten sah an der Oberfläche wie Friede und wie das Gute aus, aber im Inneren standen Groll, Verbissenheit und Pessimismus, Streitsucht, Wut und Zorn, Fatalismus und Hilflosigkeit.

Mutter wollte die Jungfrau Maria sein, die allen Gutes wünscht, und verbarg in sich den Wunsch, andere mögen auch Krankheiten und Qualen erleiden, so wie sie in ihrem Leben gelitten hatte. Sie war eine Brieftaube der Treue und Liebe, aber Nächstenliebe zeigte sie nicht.

Ihre Gefräßigkeit und Ruhmsucht machten sie zu einer scheinheiligen Predigerin von Lebenswahrheiten, wonach jeder von *Gottes Strafe* heimgesucht werde; das Leben sei ein bitteres Tal voll Tränen, die jeder in seiner eigenen Ecke leise vergießen solle, um dann die scheinbare Heiterkeit eines streitsüchtigen und ungeschickten, erbosten und verletzten Geistes zu verbreiten, der die eigenen Schwächen niemals offenbare, nicht einmal sich selbst gegenüber.

So wie Tausende andere in vergleichbarer Mission auf Erden wandelnde Gläubige glaubte Mutter, dass die Liebe zu Gott eigentlich Ergebenheit und blinder Gehorsam gegenüber einem berechnenden Prediger der Kirche bedeutete, dass sich die Hingabe der Idee des Guten im selbstgerechten Schmettern von Hymnen im Chor erschöpfte und dass die Annäherung an das ewige Leben eigentlich ein begieriges Warten auf den nächsten traurigen Todesfall und die feierliche Beerdigung sei.

Das waren alles die schlechtesten Eigenschaften meiner Mutter, die natürlich auch eine Reihe guter Eigenschaften hatte, in deren Licht sie im Glanz der ewigen Liebe erstrahlen konnte. Aber ihre fanatische Frömmigkeit und Hingabe an den Glauben und an Gott förderte nur das Hässliche und das Schlechte in ihr zutage, was man ihr allerdings angesichts ihrer Empfindlichkeit und Empfänglichkeit für Gedanken, Zustände, Gefühle und Lebensauffassungen der Menschen um sie herum nur schwer und mit einer gewissen Hartherzigkeit zum Vorwurf machen konnte. Denn nachdem sie regelmäßig zur Kirche pilgerte und an allen edelmütigen Gebeten und wohltätigen Aktionen teilnahm, wurde Mutter zu einem viel schlechteren Menschen als zuvor, und dafür sollte sie gewiss nicht dem Glauben und Gott danken, zumindest nicht dem Gott, wie ihn die Augen der Kirche sah – die Augen der Kirchenväter sowie der erhabenen, barmherzigen Kirchenbrüder und -schwestern.

Die Ehe als Heiligtum und die Scheidung als Sünde und Katastrophe, die niemandem jemals passieren darf

(Leben/Tod)

Die Hauptidee in Mutters Leben war die Verbreitung des Ideals der vollkommenen und makellosen Ehe, in der sie lebte. Es ist nicht ganz klar, ob diese Idee tief in ihrem Herzen wurzelte, als innige Blüte eines Mädchentraums, oder nur das Ergebnis tiefsitzender Überzeugungen und Ängste war, die sie in ihrer Kindheit von ihren Eltern mitbekommen hatte, wonach die Ehe nach außen hin auch im Falle des größten inneren Schmutzes sauber gehalten werden musste; auch durfte die Ehe auf keinen Fall aufgelöst werden, auch nicht um den Preis ständiger gegenseitiger Folter, Unterdrückung und unermesslichen Leids ihrer Begründer.

Es ist gut möglich, dass Mutter gerade wegen der großen Angst, die sie beim bloßen Gedanken an die Auflösung der Ehe empfand – auch in Situationen, als ihre eigene Ehe völlig ausweglos und ein für allemal zerrüttet schien –, sich dies weiterhin mitnichten, auf keinen Fall eingestehen wollte, auch wenn es eine Frage von Leben und Tod war. So tief und unauslöschlich war ihre Angst, die Gebote und Regeln ihres Vaters zu brechen, oder so tief war doch ihr Glaube an die Liebe.

Sklaven der Toten
(die Toten regieren die Lebenden aus dem Grab heraus)

Mutter war ein gutes Beispiel für eine völlig geknechtete und unfreie Person, gefesselt von den Ängsten ihrer Vorfahren, insbesondere ihrer Eltern. Von deren übernatürlicher, autoritärer Herrschaft über ihr Leben konnte sie sich auch nach deren Tod nicht befreien, was beweist, dass es nicht im Geringsten zählt, ob der Mensch, der jemands Denken und Handeln beherrscht hat, wirklich lebt oder nicht, ihm nahe ist oder nicht, mit ihm in Kontakt steht oder nicht.

Ein Knecht kann vor aller Welt in völliger äußerer Freiheit leben und doch, meist ohne es zu wissen oder es sich jemals zugeben zu wollen, mit schweren Eisenketten wie im schwärzesten Kerker gefesselt sein, und seine Gefängniswärter und maskierten Henker können ihn jeden Tag aufs freundlichste und liebevollste begrüßen oder verabschieden und ihn mit üppigen, leckeren Speisen und Kuchen festlich bewirten, wie in Andersens Märchen.

Meist gibt der Mensch den billigen Verlockungen von Kommodität und Bequemlichkeit – einem vollen Magen und einer gutmütigen Verwöhnung, die die Trägheit von Körper und Geist fördert – nach, weil er eine Schwäche für Versuchungen mit sehr kurzfristigem Nutzen hat.

Der schamlose Minotaurus
(fast wie der Bodensatz eines jeden Menschen)

So wurde Mutter zu einem Zeitpunkt ihres Lebens zum Tier. Sie *wurde* nicht wirklich zum Tier, weil sie immer ein Tier war, so wie jeder Mensch im Grunde seines verborgensten und verdrängtesten Selbst ein Tier ist, aber sie wollte ihr inneres Tier in solchem Maße verbergen und verleugnen, dass es sich vollständig von ihr losriss und wie ein entblößter Minotaurus mit großem geschwollenem Glied an der Oberfläche erschien.

Mutters Minotaurus hatte es satt, sich zu verstecken, zog sein mit großen schwarzen Haaren bewachsenen Glied heraus und wedelte damit umher, lachte laut über alle, verspottete, verhöhnte und verachtete alles und jeden, der ihm begegnete.

Mutters Minotaurus tat alles, was man nicht durfte, und Schlimmeres noch. Er erleichterte sich mitten auf der Straße, vor Menschen und Autos, vor Schulkindern; er war derb, dreist und gierig; er verschlang Berge von fettigem Essen und Berge von Zucker- und Marmeladenkuchen, Berge von Gebäck und Brot, Berge von Räucher- und Kochfleisch.

Er wünschte allen das Böse: dass alle krank würden und stürben, damit er noch zu Lebzeiten zu ihren Beerdigungen gehen könnte; dass alle ihren Ehemann oder ihre Ehefrau betrögen, damit alle verlassen und enttäuscht würden; dass niemand niemanden lieben und niemand mit einem anderen in einem Bett voller Leidenschaft und Schweiß schlafen würde.

Als Mutter Minotaurus war, tat sie niemandem etwas Gutes. Sie hasste sich selbst und sie hasste alle, also wusch sie sich nicht und stank nach Urin, den alle *Pisse* nannten, und manchmal hatte sie Durchfall, und da kam eine Menge Scheiße heraus, die niemand aufhalten konnte.

Einmal, als Mutter im Krankenhaus lag, begann eine Menge Scheiße aus ihr herauszukommen, aber niemand wollte ihr helfen, sich zu waschen und umzuziehen. Die anderen Frauen standen alle in einer geraden Reihe an der fernen Wand wie vor einem Erschießungskommando. Sie betrachteten Mutter, die sich wie ein blutiger Skorpion vor Schmerzen auf dem Bett voller Scheiße herumwälzte.

Niemand wollte ihr helfen, weil es so widerlich war und alle sich fürchterlich davor ekelten, aber gleichzeitig wollten sie zusehen, wie Mutter sich in ihrer Scheiße wälzte und wollten den Gestank einatmen, denn so hässlich, abstoßend und widerlich es war, war es auch ein schöner Anblick, einmalig und anziehend, so sehr, dass ihre Augen nicht aufhörten zu starren, ihre Nasenlöcher nicht aufhörten einzuatmen, und ihre Ohren nicht aufhörten, Mutters Hilferufen zu lauschen.

Nach einer Weile eilte ihr eine der Frauen endlich zu Hilfe. Sie schleppte Mutter wie einen verwundeten und blutenden Soldaten zur rettenden Mauer, das heißt ins Badezimmer. Dort zwischen den schwarz-weißen und grünen Kacheln wusch sie sie. Danach zog sie ihr saubere und trockene Kleider an, und dann wollte sie sofort wissen, wann Mutter ihr im Gegenzug fünfunddreißig Hühnereier von zu Hause bringen würde.

Das war auf jeden Fall angebracht, denn nichts auf dieser Welt gibt es umsonst, und gerade die Hilfe für Mutter in dem Augenblick war sicherlich viel, viel wert, ungefähr wie eine ganze Tonne frischer Hühnereier von zu Hause, mit denen man einen Berg von Schneeeiern, Cremeschnitten, Windbeuteln und Schaumrollen machen könnte.

Das war, als Mutter im Krankenhaus lag. Als sie wieder zu Hause war und als sie zum Minotaurus wurde, bedeutete das wiederum, dass ihr *Ich* überhandnahm und für jeden anderen unerträglich wurde. Deshalb musste Vater aus dem Haus in die Werkstatt umziehen, weil Mutters *Ich* vollständig alles und jeden beherrschte und überhandgenommen hatte, sodass es für andere um sie herum weder Platz noch Luft zum Atmen gab.

Es ist schwer, mit einem Minotaurus im selben Raum zu sein

Deshalb heizte Vater den Herd in der Werkstatt an und zog sich aus dem Haus zurück, in Richtung Gemüse- und Obstgarten, damit sich Mutters *Ich* weiter hin und her wälzen konnte, bis es sich erschöpfte und zerbrach. Dazu kam es aber nicht, sodass Vater schließlich Mutter zu Ärzten brachte, denn sie fürchtete sich nur noch vor dem Krankenhaus und den weißen Kitteln. Die Ärzte mussten mit dem Finger auf sie zeigen und drohen, sie für den Rest ihres Lebens in ein Krankenzimmer einzusperren, wenn sie sich nicht beruhige und ihr *Ich* zügele, das heißt, wenn Mutter nicht lerne, anderen Platz zu lassen.

Gerade als Mutter gelernt hatte, den anderen etwas Platz zu lassen, begann Vaters *Ich* an ihrer Stelle zu randalieren und wollte alle zum Teufel jagen, also war auf einmal alles, was bis vor kurzem galt, nicht mehr gültig, weil Mutter jetzt die einzig Richtige war und Vaters Benehmen sich zusehends verschlechterte. Jetzt musste er beruhigt werden, damit er sein *Ich* zähmte und es verborgen und unsichtbar werden ließ, wenn es schon nicht möglich war, es zu beseitigen, zumindest solange es sich in menschlicher Gestalt und in einem Körper befand.

In all dem geschieht der Absturz des Menschen in einen bodenlosen Abgrund

Mutter wurde zu anstrengend. Sie bildete sich ein, auf dem Dach der Welt zu sein, das alles überdeckt und verdeckt. Deshalb war ihr niemand mehr ebenbürtig, denn niemand konnte so hoch hinaus, außer vielleicht in der fernen Vergangenheit einige Heerführer, Könige oder Kaiser.

Aber sie waren alle längst tot, sodass Mutter die harte Aufgabe zufiel, die riesige Bürde der Weisheit, der Größe und des Wissens zu schultern sowie der Gerechtigkeit, des Mitgefühls, der Selbstaufopferung und wahrscheinlich noch allerhand mehr ... bloß nicht der Selbstprüfung und der Selbstkritik.

Mutters Ausstrahlung und Selbstmitleid konnten jedermanns Zuneigung, Gehorsamkeit und Bewunderung gewinnen. Sie beherrschte alles in ihrer Umgebung so sehr, dass sie aus jedem genau das machen konnte, was ihr beliebte, ähnlich einem Kind, das ein Spielzeug aus Plastilin, Ton oder einer anderen geschmeidigen, klebrigen Masse formt.

Einzig Vater, mit dem sie das Dach über dem Kopf und den Bräter auf dem Tisch teilte, verstand zutiefst die wirkliche Schwere ihrer „Größe“ und ihres „Humanismus“, sodass ihm nach dieser Erkenntnis nichts übrigblieb, als aus dem warmen, geheizten Haus in die kalten, feuchten Räume des Nebengebäudes auf dem Hof umzuziehen. Damit, einmal in hundert Jahren und zur eigenen

Überraschung, „zeigte er Zähne", wie es heißt, beziehungsweise betonte er, dass er nicht Mutters Tonspielzeug sein wolle.

Zwischen Vater und Mutter entstand eine Unverträglichkeit, wie schließlich zwischen den meisten Ehemännern und -frauen. Ihren Herzen hatte sie schon lange innegewohnt, nur wurde sie jetzt immer dicker, wie ein großer Ballon in der Farbe menschlicher Fäkalien. Je weniger sie sich vertrugen, desto größer und stinkender wurde der Kothaufen zwischen ihnen.

So geschah es, und der Zustand dauerte an, bis sie vom angesammelten Gift und Gestank Kopfschmerzen bekamen. Wenn Schmerz im Körper auftauchte, hörten alle Anschuldigungen und aller Hass vorübergehend auf.

Eigentlich verschwand der Hass gar nicht, sondern er wurde vorübergehend verdrängt und unter die Oberfläche gedrückt, wo nunmehr Schmerz, Traurigkeit und Selbstmitleid schimmerten. Die einzige gewonnene Erkenntnis war die der Zerbrechlichkeit und Kurzlebigkeit des Körpers. Vielleicht dachten sie innerlich über die Seele nach und sie fürchteten sich vor Gott, vor der wahren Strafe Gottes, die noch erfolgen sollte und von der man nie wusste, in welcher Form und mit welcher Wucht sie ausfallen würde.

Die Zivilisation und ihre Lügen – die Pharmaindustrie bereichert sich

Mutter klaute im Supermarkt eine Tafel Schokolade und pinkelte in den kleinen Park vor der Grundschule, direkt an der Hauptstraße, wo Autos vorbeifuhren, und direkt neben den Fußgänger- und Radweg, wo Menschen strömten. Sie tat es jetzt, in den Jahren, in denen sie schon Großmutter werden sollte, weil ihr wirkliches Alter nicht ihrer realen Anzahl an Jahren entsprach, die sich in ihrem sechzigjährigen Körper widerspiegelten.

Mutter fiel aus dem System, das die Beachtung bestimmter Regeln als selbstverständlich voraussetzte. Das waren einfache Regeln des guten Benehmens und Anstandsregeln, die für Mutter auf einmal schwer oder gar nicht einhaltbar wurden.

Vor der Zivilisation war alles Gemeinbesitz gewesen, dachte Mutters Unterbewusstsein, sogar Frauen und Männer, und als die Zivilisation begann, konnte eine Frau nicht mehr vielen Männern gehören, sondern ein Mann reklamierte sie für sich, so wie er mit einem in den Boden gesteckten Pfahl einen Besitz kennzeichnete, den er fortan als seinen eigenen betrachtete. Mit ihren neuen Weltanschauungen und ihrer Welterfahrung gehörte Mutter jener Zivilisation an, die unserer vorausging. Sie wollte alles mit anderen teilen und kümmerte sich nicht um die Regeln des guten Benimms, also rief sie laut nach Leuten auf der Straße, lachte laut auf in der Warteschlange in der Bank, telefonierte morgens um sechs, hörte laut Musik, während sie um zwei Uhr nachts das Mittagessen kochte. Alles in allem wurde Mutter „sonderbar", zumindest sahen die anderen Leute sie so.

Gleichzeitig wollte sie alles und jeden in ihrer Nähe kontrollieren, weil sie Angst hatte, jemandem könnte etwas Schlimmes zustoßen, genauer gesagt, weil sie tief im Inneren – genau wie ihre Mutter, Großmutter, Urgroßmutter, Ururgroßmutter und alle anderen Medizinfrauen des Indianerstammes, von denen Mutter abstammte – glaubte, dass jedem etwas Tragisches und Schreckliches zustoßen würde, das ihn ein für alle Mal zerstören und für jedermann dauerhaft bemitleidens- und bedauernswert machen würde; sein Unglück würden dann alle ringsherum an langen, faulen Fernsehnachmittagen und ebensolchen noch kälteren, kopflosen und fieberhaften Abenden mit Stimmen wie traurige flügelgestutzte Hühner weiterplappern.

Jedenfalls ist Mutter das geworden, was sie immer war, nur jetzt ohne Scham und Verheimlichung: eine Kontrollsüchtige, wie eine Fluglotsin, die jeder Bewegung auf ihrem Radar nachgeht. Sie überprüfte jeden Tag, ob alle, die sie auf die eine oder andere Weise kannte, gesund und munter waren, und so ging sie allen auf die Nerven, weil sie nie warten konnte, bis die anderen anriefen und ihr sagten, sie seien gesund und munter, sondern sie musste eiligst, gleich bei Tagesanbruch zum Hörer greifen und anrufen, um zu überprüfen, ob alle um sie herum eine weitere schwarze, dichte, finstere Nacht überlebt und die Morgendämmerung gesund und munter erlebt hatten.

Auch innerhalb des Hauses, in dem sie wohnte, durchgrub und

durchwühlte Mutter alles bis ins kleinste Detail und in die tiefsten Tiefen hinein, von den dunkelsten Dachbodenkammern und den abgelegensten Ecken voller Spinnweben bis in die feuchtesten Kellerlöcher. Es gab keine Schublade oder Schachtel, keinen Kugelschreiber, kein Tuch oder Spielzeug, das Mutters Hand nicht berührte, ein-, zweimal umdrehte, schüttelte oder auseinandernahm, damit vielleicht eine kleine Bombe, ein Schokobonbon oder ein versteckter Brief mit einem Zweihundert-Euro-Bündel herausfiel.

All das war teilwiese auf die Wirkung der Tabletten zurückzuführen, die sie seit Jahren einnahm. Diese Tabletten wurden *Psychopharmaka* genannt, und manchmal schluckte sie einige Handvoll pro Tag, manchmal reichte aber eine halbe Handvoll zur „Stabilisierung" ihres Zustandes, wie die Ärzte es nannten.

Manchmal war Mutter so gut „stabilisiert", dass ihr rechter Arm und ihr linkes Bein unaufhörlich zitterten, während ihre Unterlippe zuckte und herunterhing. Das war die Wirkung immer neuer *Psychopharmaka,* die Mutter von angesehenen Professoren und Ärzten in großem Stil verabreicht bekam, um mögliche Nebenwirkungen und Heilkräfte neuer Medikamente festzustellen, damit sich die pharmazeutische Industrie optimal entwickeln konnte.

Für das Ausprobieren von Tabletten an Menschen belohnte die pharmazeutische Industrie angesehene Professoren und Ärzte mit kostenlosen Reisen und Aufenthalten in exklusiven Hotels mit Jacuzzis an der Adria. Dubrovnik kam immer in Frage, denn es war schwierig, jemanden zu finden, der gegen den Charme der Stadt gänzlich immun war, egal wie hochgestellt und angesehen er war, also vielleicht, notfalls definitiv Dubrovnik. Dubrovnik konnte immer eine Zauberformel für die volle Entfaltung und unbestreitbare Wirksamkeit eines neuen und erstaunlich effektiven *Psychopharmakons* sein.

Jedenfalls war die Pharmaindustrie mit ihren *Psychopharmaka* äußerst effektiv. Sie konnte jedem gewährleisten, ihn durch die regelmäßige Einnahme von zwei Handvoll ihrer Tabletten über mehrere Jahre zu einem peinlichen Wrack zu machen. Sie konnte auch schriftlich bestätigen, dass *Psychopharmaka* einige Gefühlsbereiche und Teile der Persönlichkeit sehr effektiv löschen würden. Sie konnte eine eindrucksvolle langfristige Stabilität garantieren, in der Form des dauerhaften Zusammenbruchs und Verderbens ihrer Klienten, die nach zehn Jahren der regelmäßigen Einnahme von *Psychopharmaka* nicht mehr für ein Leben außerhalb der „Reservate" taugten, sondern nur noch für ein Leben in den streng von der Außenwelt getrennten „Reservaten", in denen sie die Spielregeln befolgen mussten, die sie zu gehorsamen Patienten und Halbsklaven machten, die nicht mehr zur Außenwelt gehörten, wie von Blume zu Blume fliegenden Bienen, sondern wo sie immer nur tägliche Aufgaben und Pflichten erfüllen und den Anweisun-gen des „Personals in Weiß" gehorchen mussten, das sich zusammen mit ihnen hinter Gittern befand.

Wie es für meine Mutter war, mich zur Welt zu bringen, und die Wiederverwendung des Ausdrucks „Pustekuchen“

Als ich dich geboren habe, war es Sommer und sehr heiß. Die Sonne war es nicht, es brannte – es brannte so stark, dass die Menschen unter den Vordächern Zuflucht suchen mussten. Es war Juli, der Geburtsmonat von Miroslav Krleža, dessen Romane ich in der Schule nicht gerade gerne gelesen habe, erklärte Mutter.

An dem Tag, als sie mir das sagte, schien es mir, als wäre sie rundum zufrieden, als fühlte sie sich mit Herz und Seele wohl, als wäre sie gerade in dem Moment und an dem Tag besonders klar.

Am Tag deiner Geburt ist ein Krankenwagen gekommen, um dich und mich ins Krankenhaus zu bringen. Damals hatten wir noch kein eigenes Auto – erst ein Jahr später haben wir es gekauft. Deshalb musste Vater einen Krankenwagen rufen.

Dafür musste er zum Fluss hinunter, zur Fähre, weil die Fährleute ein Feldtelefon hatten. Nirgendwo sonst im Dorf gab es ein Telefon, also gingen Männer mit ihren gebärenden Frauen zur Fähre, um anzurufen. Ein Krankenwagen fuhr dann zur Fähre und holte sie ab.

Vater rief mich, mit ihm zur Fähre zu gehen, so wie andere Frauen, die ihre Wehen hatten, mit ihren Männern zur Fähre gingen, aber ich wollte nicht mit. Ich wollte mich nicht unter die stöhnenden und schreienden Frauen mischen. Sie zierten sich während der Geburt mit Stöhnen, Zetern und Fluchen, sie schauspielerten und übertrieben wie die Klageweiber auf Beerdigungen.

Mit dir hatte ich eine leichte Geburt, aber mit deiner Schwester Ivana eine schwere. Als sie sich ankündigte, bin ich nicht mit dem Krankenwagen ins Krankenhaus, sondern der Nachbar Branko hat mich gefahren. Genauer gesagt, Vater sollte mich in unserem Auto ins Krankenhaus bringen, als Ivana kam, aber das Auto war gerade in der Werkstatt zur Reparatur. Wir dachten, es wäre bis zu Ivanas Geburt fertig, aber Pustekuchen.

Jetzt ist es Sommer geworden, aber glaub mir, bald kommt der Winter. Die Tage vergehen und verfliegen viel zu schnell, und bald bist du vierzig Jahre alt. Ich bin sechzig und du wirst vierzig. Also sind wir uns nähergekommen, sagte Mutter.

Diesmal gebrauchte sie den Ausdruck *Pustekuchen* nicht – wahrscheinlich konnte sie ihn nirgends unterbringen –, denn wenn sie einen Platz gefunden hätte, hätte sie ihn bestimmt wie einen Nagel hineingeschlagen. *Pustekuchen* war nämlich ihr Lieblingsausdruck, den sie seit Jahren nicht mehr gebraucht hatte, aber auf einmal erinnerte sie sich daran, woher auch immer, und setzte ihn nach sehr langer Zeit wieder ein.

Will Firth wurde 1965 im australischen Newcastle geboren.
Sein Schwerpunkt als literarischer Übersetzer liegt auf Prosa aus dem serbokroatischen Sprachraum sowie Nordmazedonien.
1988–89 vertiefte er sich in Zagreb in die Südslawistik, verbrachte anschließend ein Postgraduiertenjahr in Moskau.
Seit 1991 lebt er in Berlin und ist als freiberuflicher Übersetzer literarischer und geisteswissenschaftlicher Texte tätig.
2005–2008 übersetzte er für das UNO-Kriegsverbrechertribunal für das ehemalige Jugoslawien.